ODES & IAMBES

PAR

Raymond AYMÉ

POITIERS

IMPRIMERIE BLAIS, ROY & Cie

7, RUE VICTOR-HUGO, 7

—

1888

ODES & IAMBES

ODES & IAMBES

PAR

Raymond AYMÉ

POITIERS

IMPRIMERIE BLAIS, ROY & Cie

7, RUE VICTOR-HUGO, 7

—

1888

PROLOGUE

A Leurs Altesses Royales Monseigneur le Comte
et la Comtesse de Paris.

Prince, je réfléchis sur les choses du jour,
Ces faits calamiteux que je vois tour à tour
M'agitent, font souffrir des chagrins incroyables,
Des douleurs, des tourments rudes et déplorables.
Nation malheureuse, ô France, ô mon pays!
      Fais cesser ce gâchis.

Sors-toi de ce bourbier révoltant, périlleux,
Où tu pourrais sombrer dans ce gouffre odieux,
Perdre de ta valeur, t'exposer aux outrages,
Endurer, supporter de douloureux naufrages.
Prince, je crains, redoute, éprouve cette peur
      Qui m'oppresse le cœur.

Comment ce beau pays, si riant, si fécond,
Se laisse diriger vers l'abîme profond,

Se discrédite, perd, s'affaisse, se décime ;
Son immense industrie est la grande victime,
La science, les arts, tout périclite, meurt,
    Subit l'assaut, le heurt.

Ces coups si dangereux sont tristes, affligeans,
Pèsent d'un si grand poids, font des maux outrageans.
Monseigneur, croyez-vous qu'une si lourde tâche
Nous pourrons l'accomplir, sans que l'on se relâche,
Que notre cœur ressente une répulsion,
    L'état d'aversion ?

Le pays se fatigue à ces chocs meurtriers,
Violens, criminels, prompts à supplicier ;
Chaque heure, chaque instant, dans le cours de la vie,
L'âme de ses enfans souffre, elle est asservie
Sans scrupule à leur choix, et sans ménagement
    Font l'abrutissement.

Système condamnable aux êtres corrompus,
Sans morale, sans foi, sans justice, repus
D'autorité, pouvoir par la voix de la foule ;
C'est de là que le mal sort, arrive, découle

De fous sans instruction, la plupart ignorans,
        Aux cœurs indifférens.

Il faudrait sagement, avec de l'équité,
Faire choix d'hommes purs et de sagacité
Pour façonner les lois, consolider la France.
L'honorabilité, sagesse, confiance,
Voilà ce qui convient à notre nation
        Pour fuir la corruption.

Des gens sensés, instruits, capables à voter
Avec discernement et pouvant résister
Aux fourbes vicieux qui vous font des promesses
Dans leur seul intérêt, ce sont là des bassesses,
Défectuosités au suffrage, à l'honneur,
        Inique corrupteur,

Qui rendent malheureux, font durement souffrir ;
Le commerce aux abois continue à languir,
L'industrie agonise et son crédit s'abaisse ;
Les pauvres, les mendiants pullulent et sans cesse,
Avec leur voix dolente, en vous tendant la main,
        Vous demandent du pain.

On a eu l'engouement de vouloir Boulanger ;
Fera-t-il du bon pain que nous puissions manger ?
C'est ce qu'il devrait faire à tout le monde, en France.
Nous serions heureux d'obtenir l'abondance,
Pouvoir nous rassasier, sincère est mon désir,

Ne voudrait pas mentir ! ! !

IAMBES

*A Leurs Altesses Royales Monseigneur le Comte
et la Comtesse de Paris.*

———

Noble, émouvant espoir, douce prérogative,
      Et nous avons la foi
De posséder la grande et belle perspective
      De voir bientôt le Roi
Au pouvoir, gouverner, régir la vieille France,
      Redonner au pays
L'accord et le travail, ramener la confiance,
      Au bercail les brebis.
O chère nation, retrouves ton courage,
      Ta gloire, ton honneur.
Les hommes renaîtraient, heureux de ce beau gage;
      Ils seraient pleins d'ardeur,
Contents, joyeux de voir revenir l'allégresse
      Au bout de tous leurs maux,
Cesser ces vils abus, cette ignoble bassesse,
      Ces affligeants fléaux;

Ces jours vont arriver, nous donner la victoire,
      Cette adorable paix.

Ce serait attrayant d'obtenir cette gloire
        Pour tous les bons Français.

Unissons-nous bien tous pour faire la concorde,
      Une riche union,

Congédier, chasser cette affreuse discorde
      Pour avoir l'affection.

Mon cœur désirerait cette faveur constante,
      Ce trésor fructueux

D'observer, pratiquer la vie édifiante,
      Ces sentiments précieux.

Le pays qui désire et demande à renaître
      Voudrait avec vigueur

Reconquérir ses droits et pouvoir reconnaître
      Ce qui fait le bonheur

De notre nation, jadis si valeureuse,
      Si puissante autrefois,

Si grande par les arts, la sience glorieuse
      Et ses heureux exploits.

Retrouve ta valeur depuis longtemps perdue,
      Ton état vigoureux,

Dans ton cœur ta bonté, ta foi si répandue,
　　　　Ton destin généreux ;
Reçois avec douceur, affection, bienveillance,
　　　　Ce prince intéressant ;
Rends à cette famille honneur, magnificence,
　　　　Ce trône éblouissant.
Elle est juste, connue, et son cœur magnanime
　　　　A de la loyauté ;
Excellente, honorable, on la chérit, l'estime
　　　　Pour son intégrité.
O France, nation, autrefois, dans le monde,
　　　　Tu as eu du crédit,
Avec un grand pouvoir, productive et féconde,
　　　　Tu vois le déficit.
Tu as perdu ton rang, ta force, ta richesse,
　　　　Ton éclat, ta splendeur ;
Tes conseils, tes avis sont remplis de faiblesse,
　　　　Tu n'as plus de faveur ;
Tes voisins n'ont pour toi que peu de déférence,
　　　　Agissent sans façon,
Manœuvrent à leur guise, ont beaucoup d'arrogance,
　　　　Te tendent l'hameçon ;

Et tu t'es laissé prendre, enfoncer dans le gouffre
        Si profond, ténébreux;
Tu soupires, gémis d'accablement, et souffre
        D'un sort très douloureux.

Dans ce grand univers ta voix forte et vibrante
        Avait beaucoup de poids;
Tu étais bien heureuse, active et très brillante,
        Par tes nobles exploits;
Tu n'es plus aujourd'hui l'arbitre designée,
        N'as guère de pouvoir
Depuis qu'on t'a battue et largement saignée,
        Conduite au désespoir.

Tu fléchis en ce jour, tu diminues et baisses,
        Peu à peu tu faiblis.

Pauvre France, vaincue en ce jour, tu t'affaisses,
        Tu souffres, tu pâtis;
Arrête-toi, reprends ta force, ta vaillance :
        Tu ne dois pas périr,
Ton sol est si fécond, produit une abondance
        Qui te fait réjouir.
On te piétinerait, on te ferait descendre
        Presque dans le néant;

Et comme le phénix tu renais de ta cendre,

> Pour revenir géant.

Pays plein d'espérance et d'attente, fidèle

> A la loi, au devoir,

Qu'attends-tu, dis-le moi, de cette vie actuelle?

> Et voudrais-tu surseoir

Aux désirs, aux souhaits d'hommes sages, honnêtes,

> A leurs tressaillements

De joie et de plaisir qui craignent les tempêtes

> Et les ajournements?

Les cœurs sont très unis pour fuir cette discorde,

> Battent à l'unisson.

Voudraient voir exaucer leurs vœux pour la concorde,

> Posséder l'union,

Le bonheur d'accepter ce prince favorable

> A la vertu, la foi,

Et prêt à gouverner cette France admirable

> Et régir en bon Roi.

IAMBES

A Leurs Altesses Royales Monseigneur le Comte
et la Comtesse de Paris.

———

Français si généreux, qui vivez d'espérance,
      Observez le pays
Qui s'agite, s'émeut, reprend son influence;
      Et si j'ai bien compris
Ses désirs, ses souhaits, tous ses vœux sont pour l'ordre,
      Le calme, le repos,
L'apaisement, l'espoir de fuir l'affreux désordre,
      Ce désolant chaos.
Réfléchis, nation, ô ma belle patrie,
      Sors-toi de ce bourbier
Ou succombent les arts, la science, l'industrie;
      Évite ce guêpier,
Tu pourrais y sombrer, l'obscure décadence
      Abrégerait tes jours
Et, dans le désespoir, le deuil, la défaillance,
      Tu serais sans secours.

Je vois avec plaisir la France sympathique
Changer de direction,
Reprendre le chemin, le sentier pacifique
De la paix, l'union ;
Ce serait un beau jour pour notre âme assombrie
De voir tous ses enfants
Revenir à la joie, admirable, chérie,
Dégagés, triomphans.
Cela nous donnerait une réjouissance,
Un charme délicieux.
Sans cesser, le pays grandirait en puissance,
Reviendrait glorieux.
Si Dieu voulait permettre à notre forte race
De pouvoir rétablir
Son éclat, sa splendeur, de reprendre sa place
Et ne plus s'affaiblir,
Nous lui adresserions notre vive prière
De cœur, d'affection,
En chrétien, et d'une âme affable, très sincère,
Avec effusion.
Reprenons avec foi, honneur, sollicitude,
Une grande vigueur

A nous livrer sans cesse avec de l'aptitude,
        Une nouvelle ardeur
Pour tâcher d'obtenir le retour, l'heure douce
        De ce nouveau rappel
Du chef d'une famille et, sans bruit, sans secousse,
        Ce qui est essentiel,
Pour diriger, régir le royaume de France
        En Roi consciencieux,
En prince bien aimé qui garde l'espérance
        De jours harmonieux.
Il peut, doit revenir bientôt dans sa patrie
        Pour la tirer du mal;
Elle est prête à sombrer, tourmentée, amoindrie;
        Son sort devient fatal.
Monseigneur, revenez; la nation vous appelle,
        Elle vous tend ses bras,
Elle a le doux espoir de vous être fidèle
        Dans la paix sans combats;
Elle souffre, ressent des douleurs lamentables
        Et supporte des maux
Pénibles et cruels, provoquans, irritables,
        De terribles fléaux.

Monseigneur, notre France est déjà bien malade,
    Vous la soulagerez,
Vous pourrez la guérir, je me le persuade;
    Vous l'améliorerez;
Sa vie et son bonheur, tout chancelle, agonise,
    Sur le point de périr,
Venez faire la cure et supprimer la crise,
    C'est notre grand désir.

Depuis dix-huit ans, elle se meut, s'agite,
    Cherche à faire un effort
Pour sortir de la fange et choisir un bon gîte,
    Retrouver le confort :
C'est en vain. Son labeur n'a pas de récompense,
    Ne réussit à rien;
Elle n'a pu trouver aucune aide, assistance,
    Pour être son soutien.

Dans la transe elle vit, souffrante, misérable
    De se voir sans son Roi,
D'être dans un état mauvais, insupportable,
    Et n'avoir plus sa foi.
Ce danger est très grand, douloureux à cette heure
    D'endurer ce tourment;

Elle en a des regrets, elle est en deuil et pleure
　　　De souffrir constamment.
Prince, entendez la voix de cette noble France !
　　　Elle gémit toujours
De vous voir dans l'exil, ce qui fait sa souffrance,
　　　Des chagrins chaque jours.
Dans l'attente, l'espoir, à tout moment désire
　　　De vous voir revenir
Gouverner la nation, supprimer son martyre,
　　　Nous aimer, nous unir,
Raviver le travail, notre forte industrie;
　　　Notre situation
Périclite, se plaint, elle est bien appauvrie
　　　Et ressent l'affliction.
Vous nous retirerez d'embarras, de la peine,
　　　Donnerez les faveurs;
Votre épouse, avec vous, la vertueuse reine,
　　　Seriez consolateurs.

IAMBES

*A Leurs Altesses Royales Monseigneur le Comte
et la Comtesse de Paris.*

———

Mon Dieu, sauvez la France et sa belle industrie
    Souffre des maux divers.
Que votre main puissante aide à notre Patrie
    Pour chasser nos revers,
Détruire tous les maux, cette affreuse misère,
    Son état malheureux,
Ce vénéneux poison, la répugnante ulcère,
    Ces excès douloureux.
Relevez le pays, donnez-lui l'abondance,
    Ce généreux secours,
Pour le voir remonter, posséder l'influence;
    Accordez ce concours
Harmonieux, puissant; rétablissez sa gloire,
    L'élévation, l'honneur,
L'estime, la vertu, la foi consolatoire,
    Si digne de faveur.

Seigneur, cette pitié que je demande, prie
　　　　De vouloir nous donner,
Au nom de la croyance adorable, chérie,
　　　　J'ose l'ambitionner
Pour la nation qui souffre et gémit, malheureuse,
　　　　Offrez-lui vos faveurs,
Veuillez la protéger, la rendre vigoureuse,
　　　　Avec ses travailleurs.

Secourez cette France et faites-la féconde
　　　　Dans ce vaste univers ;
Élevez le flambeau, que la lumière abonde,
　　　　Éteignez nos revers ;
Faites ce beau soleil si vif nous illumine,
　　　　Sa lueur éblouit,
Fait du bien ; sa chaleur orne, charme, fascine,
　　　　Nous donne du profit.

Pourras-tu t'éveiller de cette léthargie
　　　　Qui te glace le corps ?
Retrouves ton courage et ta forte énergie ;
　　　　Produis quelques efforts
Pour t'élever, grandir, reconstituer le trône
　　　　Consumé tant de fois,

Redonner le pouvoir, cette riche couronne,
       Au meilleur de nos Rois ;
Balayer ce bourbier, cette fange hideuse,
       Sans foi, religion,
Tracassière, effrontée, insolente, outrageuse,
       Pleine d'aberration.

Elle ne connaît pas le bien ni la sagesse,
       L'affection du cœur,
La vertu, la bonté, ni l'heureuse tendresse,
       L'effusion, douceur ;
Les nobles sentiments de pardon, d'indulgence,
       De pure intégrité
Ne sont dans son réduit, manque de bienveillance
       Et de sincérité,
De déférence, égard, pour la Branche royale,
       Le fils de saint Louis,
Exilé de nouveau d'une façon brutale
       Sans préalable avis.
Ils l'ont banni des lieux où il vivait paisible,
       Dans le calme repos,
Sans bruit et sans éclat, au pauvre compatible,
       Évitant les gens faux.

Dieu l'a fait pour le droit et l'honneur de la France,
　　　　Pour panser, adoucir
Les maux et les douleurs, la pénible souffrance
　　　　Qui nous font défaillir.
Tu auras des regrets du sombre maléfice
　　　　De ce bannissement
Fait à ce prince doux, aimant Dieu et propice
　　　　Au bien, au dévouement.
Simplement s'est soumis à cette loi contraire
　　　　D'exil injurieux,
De cette vile action, de cet acte arbitraire,
　　　　Blessant, calamiteux.
Seigneur, je vous supplie, accordez la clémence
　　　　Aux hommes destructeurs
De la religion, de la foi, la croyance,
　　　　A tous ces grands pécheurs !
Qu'ils reviennent vers vous implorer votre grâce,
　　　　Qu'ils soient tous convaincus
D'égarement, du mal ; faites que tout s'efface
　　　　Après avoir vécus
Dans les débordements, les fautes, le désordre,
　　　　La débauche, l'erreur ;

Fidèles, convertis au devoir et à l'ordre,

> Avec zèle, ferveur,

Faites-les revenir, votre bonté bien grande,

> Pour leur félicité,

Agissez sur leur cœur, qu'une honorable amende

> Produise la clarté,

Ce flambeau lumineux, la divine lumière,

> Qui brille, rejaillit,

Pour faire son effet sur la nature entière,

> Sur l'âme, sur l'esprit.

Donnez-nous ces bienfaits, que la France revienne

> A la paix, au bonheur,

Qu'une manne féconde, admirable, entretienne

> Et nourrisse son cœur,

Rappelle son vrai Roi, l'épouse affectueuse,

> Pour régir le pays.

Elle sait apprécier la France généreuse,

> L'ôtera du gâchis.

IAMBES

*A Leurs Altesses Royales Monseigneur le Comte
et la Comtesse de Paris.*

———

Je te l'ai dit souvent, tu dois le reconnaître,
　　　O belle nation,
De reprendre ta place et chercher à renaître :
　　　C'est notre intention,
Le moyen le plus sûr de trouver ton sillage
　　　Pour marcher hardiment,
De ne pas t'embourber, éviter le naufrage
　　　Et l'affaiblissement.
Tu tournes, tu agis, ô mon pays, ô France,
　　　Dans un cercle vicieux ;
Tâche de dessiller tes yeux, fais diligence
　　　Pour revenir heureux,
Accorder aux Français de l'honneur, de la gloire,
　　　La science dans l'art,
Reprendre ta valeur, ces grands faits de l'histoire ;
　　　Il n'est jamais trop tard

De ne plus conquérir par les combats, les armes,
      Par des coups douloureux
Qui vous font l'épouvante et de vives alarmes,
      Bien tristes, désastreux.

Dans d'excellents concours réunis tous les hommes
      Pour les jeux de l'esprit,
Que tous les habitans des palais et des chaumes
      En fassent leur profit,

S'efforcent au travail, ouvrage d'industrie;
      Ils auront la primeur
De faire revenir notre grande Patrie
      Dans l'éclat, la splendeur.

Arbitre conseiller dans les guerres, les luttes,
      Tes bons, sages avis
Furent très écoutés pour amortir les chutes,
      Faire un ordre précis.

Tu as perdu tes droits, tu n'as plus dans le monde
      L'estime d'autrefois ;
On s'éloigne, on se cache, on te blâme, on te fronde,
      On n'est plus si courtois,

Et la sincérité n'ose plus apparaître,
      Chaque jour elle fuit;

On t'évite, on s'esquive et l'on voit reparaître
        Du mal le triste fruit.

On n'a plus de respect pour toi, ma chère France,
        Il faut te rétablir,

Refaire ton pouvoir, ta force, ta puissance,
        Savoir te recueillir

Comme fit la Russie après la rude guerre
        Et le carnage affreux

Qui fit verser le sang, a-t-on dit, nécessaire
        En ce temps douloureux

Pour la protection de la Sublime Porte,
        De ces Mahométans

Qui ont subi depuis une grande cohorte
        De Russes mécontens.

Ils ont perdu des biens, ont cédé quelques villes
        A leurs heureux voisins

Qui, plus tard, deviendront exigens, difficiles,
        Seront plus inhumains.

Ce peuple, anciennement, avait de la puissance,
        Il baisse chaque jour

Et frise peu à peu l'état de décadence
        Sous la dent du vautour.

Plaignons l'humanité de l'orgueilleux courage
     A s'emparer du bien
D'un ennemi vaincu. lui faire cet outrage,
     Le priver de soutien,
Appauvrir le pays, produire la ruine,
     Le sombre désespoir ;
Ce qui confond, l'abat, l'accable, le chagrine,
     Lui fait perdre l'espoir.

Travaillons sans répit à réparer l'injure
     Qui blesse notre cœur,
Lui fait de grands chagrins, une peine très dure,
     Une immense douleur
De voir des conquérans toujours prêts à combattre
     Sans prendre de repos,
Verser ce jeune sang très actif à se battre,
     Faire de rudes maux.

Revenons aux souhaits de notre cœur, notre âme,
     D'obtenir ce bonheur,
Cette félicité, de voir ce doux programme
     Répandre sa faveur,
Réformer les abus qui fatiguent la France,
     La font beaucoup souffrir,

De voir la trahison, cette ignoble insolence,
       Prête à faire faillir ;
Tâchons de relever notre grande industrie
       Sans faiblesse, au plus tôt,
Reconstituer le trône à la riche Patrie
       Sans armes, sans complot ;
Sur la tête du Roi placer cette couronne
       De ses sages aïeux,
Apaiser, adoucir, faire qu'on s'affectionne
       Et devienne glorieux ;
Que la nation respire après tant de souffrance,
       D'épreuves et d'essais,
Retrouve sa grandeur, sa dignité, puissance,
       Pour tous les bons Français.
Nous pourrons revenir à la joie, aux délices,
       Bienfaits réjouissans,
Savourer les plaisirs bienheureux et propices
       Aux charmes ravissans.

IAMBES

A Leurs Altesses Royales Monseigneur le Comte
et la Comtesse de Paris.

———

Prince, vous avez fait l'acte loyal, sincère,
      A la France, au pays.
Votre beau manifeste à la nation entière
      Est merveilleux, précis,
Digne d'un prince aimé, sérieux et honnête,
      Doux, conciliant, humain,
Protecteur de la foi du peuple qui s'apprête
      D'avoir son souverain,
Le faire revenir sur ce somptueux trône
      Abattu tant de fois,
Sur sa tête placer cette riche couronne,
      De ses aïeux, nos Rois,
Pour régir, gouverner sagement la Patrie,
      En chrétien pour son Dieu
Faciliter le bien, protéger l'industrie,
      C'est là tout notre vœu.

Vous pourrez l'accomplir avec un grand courage
                    Et vous saurez choisir,

Prince, des conseillers justes, droits, au cœur sage,
                    Selon votre désir,

Pour en tirer profit avantageux au monde,
                    Aux hommes très sensés,

Produire des heureux, que tout afflue, abonde,
                    Nous fasse vivre en paix,

Satisfaits et joyeux de voir venir la France
                    Dans l'état florissant,

De jouir, posséder cette belle espérance
                    D'un règne fort puissant.

Prince, c'est mon souhait de voir dans la patrie
                    Le bien, l'apaisement,

La pacification, ne plus être assombrie
                    De découragement.

Ce serait mon bonheur de voir votre famille
                    Près de vous au pouvoir,

Pleine d'égards, respects, où l'honnêteté brille,
                    Très constante au devoir.

Je suis heureux, content de votre manifeste
                    Et de sa précision;

Il est clair, et dit bien sans détour, sans conteste,
     Obtient pleine adhésion ;
Vous avez exprimé à la France, au royaume,
     Vos sentiments chrétiens,
Répandu vos écrits au palais, sous le chaume,
     Resserré tous les liens.
Dieu voudra protéger la nation malheureuse
     De son très grand pouvoir
Pour rétablir le Roi, l'épouse vertueuse,
     Ce qui fait notre espoir
De clore tous les maux que le pays endure,
     Souffre, se plaint, gémit
De voir à chaque instant combler cette mesure
     D'iniquité, délit.
Votre voix, Monseigneur, obtiendra, je l'espère,
     La concorde, union,
Fera dans les partis un état bien prospère,
     Cesser la division,
Le dégoût, le chagrin et l'opprobre qui monte
     Dans toute sa hideur,
L'injustice, oppression, l'outrage avec la honte,
     L'injure, la noirceur.

Il faudrait les chasser, ces gens plein de démence,
>D'exagération,
Très exaltés au mal, remplis d'extravagance,
>Surexcitation.

Revenez, Monseigneur, auprès de nous bien vite
>Pour nous reconforter ;
Votre présence est chère au sage, il sollicite
>De vous féliciter.

Ce fardeau précieux, cette charge pesante,
>Lourde au corps, à l'esprit,
Bien légitime à vous, elle est très séduisante,
>D'un immense crédit.

Au faîte du pouvoir, quelle peine on éprouve,
>Quels ennuis, quels tracas !
Chaque heure, chaque instant, sous ses pas on retrouve
>La tristesse ici-bas.

Résistance aux projets, desseins, à la clémence,
>Abaissés, abattus
Par de constans efforts, l'obscure dissidence,
>Sans cesse combattus.

Aux débats, examens, aux discours de tribune,
>L'orateur a désir

De faire opposition et, chose assez commune,

    Il ressent du plaisir

A montrer ses talents, illustrer sa parole ;

    Il pose en Cicéron,

Se cambre, s'arrondit pour mieux jouer son rôle,

    Gagner ce beau fleuron.

C'est un fait anormal, fort injuste, irritable,

    Qui peut faire déchoir,

Affaiblir le pays, la guerre déplorable

    Ruiner le pouvoir.

Trop de fois on l'a vu, ce douloureux supplice,

    Inconsolant, affreux,

De voir entre Français se tuer dans la lice,

    Se détruire en furieux.

Dieu qui commande à tous et dirige sur terre

    Les petits et les grands

Protégera le Roi, le rendra bien prospère,

    En tous lieux, en tout temps.

IAMBES

———

Quand pourrai-je revoir ces jours si fortunés,
      Si allègres, si purs,
Si beaux et si joyeux, et très ambitionnés,
        Fuir ces temps bien obscurs
De chagrins, de tourmens, de douloureuses peines
      Qui frappent nos esprits,
Notre corps, le cerveau de répulsions, de haines
       Et de maux le pays;
Pénibles et cruels, font souffrir le martyre,
       Nous abattent parfois,
Sans pouvoir obtenir ce que le cœur désire,
       Réclame tant de fois?
Il supporte ces coups affreux, impitoyables,
       Injurieux, blessans,
Qui nous font des malheurs terribles, effroyables,
       Rudes, très offensans.

Destin, cesse pour nous et cette noble France
       De nous faire du mal,
De nous persécuter, ramène l'espérance,
       Ce qui est doux, cordial;
Fais-nous un sort prospère, accorde cette grâce
       De nous bien protéger,
Retirer du guêpier qui nous étreint, enlace,
       Vient pour nous affliger.

O grande nation, rétablis ce beau trône,
       Ces jours si glorieux,
Et pose sur la tête une riche couronne
       A ce Roi sérieux,
Qui sait aimer, chérir avec amour, constance,
       Bien gracieusement,
Et pourrait travailler au bonheur de la France
       Si fructueusement.

Voudrais-tu accepter, ô belle destinée,
       Ce retour au plus tôt
D'une famille affable et si affectionnée,
       Sans bruit et sans complot?
Ils sont simples, unis; l'accord est grand, durable;
       Ils sont judicieux.

Leur caractère est doux, juste, conciliable,
        Constant, religieux;
Ils aiment la justice, ont le respect, l'estime,
        Le bon accueil pour tous;
La dignité, l'honneur, le bons sens les anime,
        Sont fermes et résous
Dans l'équité, le droit, leur cœur, plein de tendresse,
        Rempli d'humanité;
Sont polis, délicats, ce qui les intéresse
        Surtout la probité.

Nation généreuse, avec ardeur, confiance,
        Rappelle ces Français;
Fais cesser leur exil, qu'ils reviennent en France
        Pour nous donner la paix,
Faire fructifier les beaux-arts, la patrie,
        Redonner le travail,
Pouvoir améliorer le commerce, industrie,
        Tenir le gouvernail.
Nous serions heureux d'obtenir la victoire,
        De le voir, notre Roi,
Ce prince bienveillant, ce serait notre gloire
        De vivre sous sa loi.

Refais-nous, ô destin, une nouvelle vie,

  Un sort plus envié ;

Donne-nous tes bienfaits, à notre âme ravie

  L'état privilégié,

Pour guérir tous les maux cruels qui nous affligent,

  Prêts à faire périr,

Nous plongent au bourbier, nous confondent, obligent

  Sans cesse de souffrir ;

Ote-nous du danger fâcheux, si détestable,

  Pénible, rebutant ;

Il nous fatigue, est dur, funeste, déplorable,

  Atroce, révoltant ;

Si tu veux faire naître en nos cœurs l'espérance,

  Notre aimable soutien,

Ce qui fait le bonheur, notre reconnaissance,

  L'affection, le bien.

Espérons tout du Ciel, sa divine sagesse,

  Son immense bonté,

Qui nous accordera sa grâce, sa tendresse,

  L'aide, sincérité,

Pour arriver au but glorieux où l'on vise,

  Pense, croit, réfléchit

A la joie, à l'espoir de ce qui moralise,

        Est doux, fait le profit,

Peut conduire au succès, l'heureuse réussite,

        A l'éclat, la splendeur,

A la magnificence où l'homme sollicite

        D'obtenir la faveur

De clore dignement ses jours, plein d'allégresse,

        Pour exaucer son vœu,

Vivre gai, bien joyeux, voir clore sa vieillesse

        Dans le ciel, près de Dieu,

Après avoir vécu triste sur cette terre,

        Vu des faits désolans,

L'outrage, injure, insulte et la douleur amère,

        Tous les maux accablans.

IAMBES

*A Leurs Altesses Royales Monseigneur le Comte
et la Comtesse de Paris.*

———

Monseigneur, j'ai la foi, une grande confiance
    De voir votre retour
S'effectuer bientôt pour le bien de la France;
    Avant peu, ce beau jour
Où nous possèderons votre aimable famille
    Unie avec bonheur,
Si aimante et si bonne, où l'honnêteté brille,
    Le charme, la douceur.
O belle nation, je t'en prie, à la hâte,
    De l'exil douloureux
Retire tes enfans et ne sois pas ingrate,
    Ramène-les heureux.
Ton erreur, ta méprise est certaine, très grande,
    Ton esprit s'est faussé
De ne pas s'occuper à ce qu'on nous le rende,
    Ce Roi qu'on a froissé,

Envoyé dans l'exil, fait quitter sa patrie,
        Le réduire au malheur.

Il en souffre ; son âme en est endolorie,
        Bien pleine de douleur.

Si tu voulais penser à ton honneur, ta gloire,
        A ces rares bienfaits,

Tu pourrais t'illustrer, célébrer ta victoire ;
        Ton renom, tes hauts faits

Seraient connus du monde et de toute la terre,
        D'avoir su restaurer

Ce prince affectueux, un si beau caractère,
        Pour nous régénérer.

Il jouit et possède une nature affable,
        Aime sa nation,

Et pourrait chaque jour la rendre irréprochable
        Par son affection.

Avec quel doux plaisir, délicieuse joie,
        Il nous dirigerait,

Conduirait le pays dans une belle voie,
        Dans un chemin parfait,

Dans les joyeux sentiers ; nous mènerait sans cesse
        A la paix, la douceur,

Et nous éprouverions cette vive allégresse,
   Charme consolateur !
Crois-moi, chère nation, ô ma grande patrie,
   Mes désirs et mes vœux
Seraient de te voir forte et non pas assombrie,
   Dans un état piteux ;
Reprends ta vive ardeur, ton valeureux courage,
   Pour éviter le mal ;
En ces temps orageux de revers, de naufrage,
   Triste, sombre, fatal,
Redonne-toi de cœur à la foi, la croyance ;
   Le ciel te bénira,
Te rendra florissante avec de l'espérance,
   Et Dieu te chérira,
Accordera ces biens fructueux de la terre,
   Le calme, le repos,
Pour que tu sois heureuse et devienne prospère,
   Ton cœur sage, dispos ;
Pour jouir de la paix sans trêve, sans mélange,
   D'un attrait ravissant,
De ce rare plaisir, harmonieux, étrange,
   L'état éblouissant.

Accède à ma prière, elle part de mon âme,
      Elle est du fond du cœur ;
C'est pour toi que j'expose un attrayant programme,
      Cette grande faveur,
Pour te faire monter, arriver à la gloire,
      Obtenir désormais
De pouvoir remporter, gagner une victoire,
      Un immense succès.
Reprends, ô mon pays, ton crédit, ta puissance,
      Ta valeur d'autrefois,
Pour devenir aimable et bonne, chère France,
      N'être plus aux abois,
Reconquérir l'essor, ton aspect magnifique,
      Ton éclat glorieux,
Ta prompte et vive ardeur, l'activité magique
      De ces jours merveilleux.
Cela ferait à l'homme un bien inexprimable,
      Un sûr et grand appui ;
Ses ans s'écouleraient dans la foi secourable,
      Sans effort, sans ennui ;
Ce résultat charmant aurait le don de plaire,
      Ferait l'aménité,

La grâce, la douceur, ce bien si salutaire

A notre humanité.

Dieu qui soutient le faible est pour lui très propice,

Le guide et le conduit,

Dirige à la vertu, l'honneur et la justice

Pour en cueillir le fruit

Et jouir d'une vie honorable, parfaite,

Très heureux de son sort,

D'avoir pu obtenir ce que l'âme souhaite

Au moment de la mort,

Où l'on va commencer dans le ciel, sa carrière

Si l'on fut vertueux,

Ayant vécu, passé, clos l'existence entière,

Sage, respectueux.

IAMBES

*A Leurs Altesses Royales Monseigneur le Comte
et la Comtesse de Paris.*

Prince, j'ai grand désir de vous revoir en France,
　　　　Satisfait et joyeux,
Gouverner le pays avec bonté, constance,
　　　　Le cœur affectueux,
Réformer les abus, rétablir la justice
　　　　Et la religion,
Ce qui est vertueux, doux, pur, sans artifice,
　　　　Clore la corruption
Et donner à la France, aux beaux-arts, l'industrie,
　　　　Un magnifique essor,
Ce bien si précieux à la grande patrie,
　　　　Augmenter son trésor
Pour la faire jouir en paix, dans l'abondance,
　　　　Sans peines et tracas,
Assurer aux Français le bonheur, la confiance,
　　　　Sans obstacle, embarras.

Votre cœur est connu, prince prudent et sage,
> Vous avez la douceur,

La droiture, bonté, vous méritez l'hommage,
> Titre de bienfaiteur ;

Élevé dans la foi et la pure croyance,
> Vous êtes impartial ;

Vous n'aimez pas le bruit, l'injure ni l'offense,
> Ce qui est illégal,

Justement chérissez l'homme instruit et docile,
> C'est là votre élément ;

Vous êtes ennemi de ce qui est servile,
> De l'abrutissement.

Et si vous aviez eu, Monseigneur, la hardiesse,
> Le cœur audacieux

D'aborder le pouvoir avec vigueur, rudesse,
> Vaincre les factieux

Et frapper un grand coup pour arriver au trône,
> Avoir l'autorité,

Retrouver la faveur pour ceindre la couronne
> Avec célérité.

Ceci ne peut germer dans votre caractère
> Doux, conciliant, humain ;

Vous êtes né prudent, êtes juste, sincère,
  Aimez votre prochain,
Ne pouvez pas admettre, employer la violence
  Au pays pour vos droits ;
Vous désirez d'attendre et vivre d'espérance :
  C'est mon avis, je crois.

Ennemi des combats, je déteste la guerre
  Et je fuis les rigueurs
Qui ne peuvent donner que désespoir, misère,
  Et d'affreuses horreurs.

Attendez, Monseigneur, ayez le vrai courage
  Du bien, de la vertu ;
Ne vous exposez pas à combattre l'orage,
  Crainte d'être battu ;
La constance au devoir est la sage devise
  De l'homme affectueux,
Sa joie et son bonheur, son but, sa convoitise,
  Son désir sérieux.

L'heure viendra bientôt, le pays se réforme,
  Tend à changer d'avis ;
Chaque jour, peu à peu, sûrement, se transforme,
  On en est tout surpris.

Nous avons négligé, eu la grande faiblesse
    De nous laisser trahir .

Par ces gens faux, sans foi, vils, remplis de bassesse,
    Pour nous anéantir

Et cesser d'exister ; ces hommes sont horribles,
    Inspirent le dégoût,

Font des maux irritants, funestes et pénibles
    Et la guerre dans tout.

Ceux qui ont du bons sens ont pour la République
    Peu de goût, de faveur,

Et sont très disposés à la trouver étique,
    Pour elle ont la froideur,

Bien peu d'attachement, ont de l'indifférence
    De voir sa nullité ;

Son désordre est si grand, est plein d'extravagance
    Et d'incapacité.

Nous désirons revoir le Roi, la monarchie,
    Ses bienfaits précieux,

Pour que la nation soit heureuse, enrichie,
    Que tout soit glorieux

Et revienne à ces temps d'honneur et de concorde,
    De la vertu, la foi,

De droiture, justice et de miséricorde,
$\qquad$ Pour observer la loi.

Courageux et vaillants dans les arts, l'industrie,
$\qquad$ Toujours fixes, debouts

Pour la religion, le bien de la patrie,
$\qquad$ Sans cesse être résous,

Pas se laisser tromper, corrompre ni séduire,
$\qquad$ Ni se livrer au mal,

Aux peines, aux douleurs, ni se laisser conduire
$\qquad$ Dans le piège fatal,

Prince, c'est notre but, notre sage maxime
$\qquad$ De vouloir nous guider

Dans l'espoir d'obtenir le vrai Roi légitime
$\qquad$ Que Dieu peut accorder

A la France, au pays, donner son assistance
$\qquad$ Et sa pure bonté,

Sa grâce, sa faveur, affection, constance,
$\qquad$ A notre humanité,

Qui en a tant besoin ; elle gémit et souffre
$\qquad$ Dans l'état malheureux,

S'afflige, se désole et redoute le gouffre,
$\qquad$ Cruel, bien désastreux.

IAMBES

*A Leurs Altesses Royales Monseigneur le Comte
et la Comtesse de Paris.*

Permettez, Monseigneur, à celui qui désire
    Voir son Roi glorieux,
De vous faire observer que notre France admire
    Votre cœur sérieux,
Voudrait vous posséder avec grande confiance,
    Pour régir la nation,
Reconstituer l'État, refaire avec constance
    L'amour et l'union.
Tous les hommes sensés voudraient voir sur le trône
    Votre famille et vous
Pour gouverner la France et ceindre la couronne
    Pour le bonheur de tous.
Les conseils généraux aimant Dieu, la sagesse,
    S'agitent aujourd'hui;
Ils gagnent du terrain, sont remplis d'allégresse,
    Vous donneront l'appui,

Diminueront le poids du fardeau formidable,
      Puissant, laborieux;
Allègeront l'effort d'un labeur équitable,
      Important, glorieux,
Pour panser, adoucir ce qui souffre, agonise,
      Est prêt à défaillir,
Confondre le pays dans l'effroyable crise
      Où il pourrait périr,
Dans le gouffre profond s'anéantir, détruire,
      Disparaître à jamais.
Je désire de voir ce succès se produire,
      Qui donnera la paix,
Le calme, son concours et la douce harmonie,
      Ces biens si ravissans,
Pour faire fuir, chasser l'affreuse ignominie,
      Ces faits avilissans.
Par ces conseils, la France obtiendra la victoire
      Sûrement, sans détour,
La justice au pays, ce qui fera sa gloire
      Un magnifique jour.
Ces hommes sont connus, sont probes et honnêtes
      Et pleins d'affection,

Doux, concilians, humains, et l'on fait des enquêtes
      Avant l'élection.

Pour les représentans, il n'en est pas de même :
      Quelquefois inconnus,

Souvent sans instruction, c'est un fâcheux système,
      Un dangereux abus,

D'accepter, recevoir des gens au caractère
      Commun, bas, inférieur,

Ne sachant discourir ni juger la matière,
      Les lois avec douceur.

Prince, vous le savez, ces conseillers en France
      Sont une autorité,

Ont assez de pouvoir, quelque peu de puissance
      Et de capacité.

L'Empire sut capter et obtenir leurs votes,
      Leur approbation,

Leurs suffrages, avis, pour absoudre ses fautes,
      Son usurpation.

Ces conseils donneront au pays la confiance
      Et la stabilité,

Accorderont au Roi une grande assistance,
      De la sincérité.

Nation malheureuse, il faut qu'on te protège,
      Que le ciel bienfaisant

Te conduise, te guide et te fasse cortège,
      T'accorde ce présent,

Te donne son appui, te soutienne, t'oblige
      D'accepter sa faveur ;

Sa douceur, sa bonté supprime tout litige
      Et soit consolateur.

Ne t'abandonne pas à ta triste infortune,
      Veille sur toi toujours,

Rappelle-toi souvent cette aveugle fortune
      Qui te donnait secours ;

Confie à Dieu ton âme et, d'une voix sincère,
      Dis-lui tout le bonheur,

Que tu ressentirais s'il te rendait prospère,
      Retirait de l'erreur

En te faisant renaître à une vie heureuse,
      Au pur contentement

De pouvoir obtenir cette paix généreuse,
      Un joyeux agrement ;

Fais-lui part de tes maux, de ta rude souffrance,
      De ce grand désespoir

Que tu ressens encor, qui fait ta défaillance,
        Amoindrit ton espoir.
Tu désires le calme, un repos doux, tranquille
        Et propice au bonheur ;
Sois toujours au travail très constante, facile,
        Une admirable ardeur
De s'occuper, d'agir toute ton existence
        Pour vivre satisfait,
Chasser le souvenir des heures de démence,
        Ce que le monde hait.
Notre terre est fertile et produit la richesse,
        Des plants très savoureux,
Alimente, nourrit, nous donne l'allégresse,
        Nous rend forts, vigoureux,
Fait la félicité gracieuse, agréable,
        Des bienfaits ravissans,
Accorde l'abondance attrayante, louable.
        Soyons reconnaissans,
Fidèles à la foi, la bien douce harmonie,
        Le cœur affectueux,
Excellent, favorable à la joie infinie,
        Au charme glorieux.

IAMBES

A Leurs Altesses Royales Monseigneur le comte
et la comtesse de Paris

Prince au cœur bienveillant, doux, gracieux, affable,
    Vous ressentez l'ennui,
Éprouvez du chagrin dans l'exil redoutable,
    Croyez au grand appui
Que la France bientôt va donner, vous prépare,
    Prête à se recueillir.
Son cerveau réfléchit, son esprit voit le phare
    Lumineux pour agir;
Les partis sont haineux, ont de l'antipathie
    Et de l'aversion;
L'un à l'autre opposés, sont faux, pleins d'ineptie,
    Visent à l'oppression;
Surchargés de l'opprobre et de l'ignominie,
    Chaque heure, chaque instant.
Sont contraires au bien, aiment la calomnie;
    Ce qui est irritant,

Détestable, vicieux, rempli de virulence,
De fiel et de fureur.

Ils sont mauvais et durs en toute circonstance,
Font preuve de hideur,

Peu à peu leur pouvoir diminue et s'affaisse,
S'amoindrit sûrement;

L'honnête homme les fuit, les évite, délaisse,
Proteste ouvertement.

Espoir, riche trésor, tu entres dans nos âmes,
Ravive nos esprits

D'un feu brûlant, sacré, l'alimente de flammes,
Nous sustente, nourris.

Prince très doux, aimant, notre riche espérance,
Que le ciel va donner

Pour gouverner en Roi, régner sur cette France
Et nous affectionner,

Nous conduire à l'honneur, la vertu, la justice,
La droiture, équité,

Délivrer du tourment, tirer du précipice
Et de l'anxiété.

Reçois, ô mon pays, nos vœux et nos prières
Pour ce bien précieux

Que le ciel vient offrir, pour nous faire prospères,
  Un sort délicieux,
Remettre la nation en des mains généreuses,
  Réformer les abus,
Éviter les erreurs, défaillances nombreuses,
  Chasser ces vils intrus,
Revenir à ces temps de succès, réussite,
  Favorables, joyeux,
Aux souhaits riches, purs, au tout puissant mérite,
  Doux et harmonieux.

Tu souffres maintenant, ô France magnanime;
  Espère, attends un peu,
Tu vas voir revenir ton vrai Roi légitime
  Te gouverner pour Dieu;
Tu cesseras bientôt tes douleurs et ta peine,
  Tu auras le bonheur
De voir et posséder ta vertueuse Reine
  T'accorder sa faveur,
Faire cesser tes maux, tes ennuis, tes tristesses,
  Par son cœur séduisant;
Son charme, ses bienfaits, ses heureuses largesses,
  Son air gai, si plaisant.

Sauront te soulager ; cette princesse aimable
          Te rendra satisfait ;
Son esprit gracieux, bon et fort charitable,
          Gagne, attire, est parfait ;
Vive, enjouée, affable, as beaucoup d'énergie,
          De courage, valeur,
De force dans son âme ; elle a cette magie
          D'une grande vigueur.
Chère France affaiblie, auras-tu l'indulgence
          Pour ces hommes pervers ?
Je t'engage à donner, accorder la clémence
          A tous ces maux divers,
A leurs faits attristants, leurs fautes, leurs faiblesses,
          Concéder le pardon,
Négliger, oublier leurs torts et leurs bassesses,
          Leur fatal abandon
De croyance, de foi, religion divine,
          Qui nous fait tant de bien ;
Excellente, admirable et puissante doctrine,
          Du monde le soutien.
Si mes vœux exaucés obtiennent l'assurance
          De jouir du bonheur

De voir clore, cesser l'affreuse dissidence,

Ramener la douceur,

J'en serais très heureux de voir finir ma vie,

Content de cette paix

Qui console, adoucit, vous fait l'âme ravie,

A pour moi des attraits

Rares et bienfaisants, tout remplis d'allégresse,

Réjouissance au cœur,

Une vive affection, joyeuse, enchanteresse,

Ce bien consolateur.

Mon existence aurait la pure récompense

D'admirer ce bon Roi

Qui ferait le bonheur dans notre belle France,

Rétablirait la foi.

IAMBES

A Leurs Altesses Royales Monseigneur le Comte et la Comtesse de Paris.

———

Prince, votre malheur vous donne l'avantage
   D'entendre bien des vœux,
Le désir des Français, leur sincère langage,
   Vrai, juste, affectueux,
De pouvoir exprimer toute leur allégresse,
   Le bonheur de vous voir
Avant peu gouverner la France sans faiblesse,
   Au faîte du pouvoir.
Cela fait du plaisir à nous, à la patrie,
   A notre nation;
Elle souffre, gémit de voir son industrie
   Périr d'inanition.
Vous avez observé ces âmes généreuses,
   Pleines d'amour pour vous,
Qui possèdent la foi, croyances religieuses
   Favorables à tous,

Concourir à cette œuvre admirable, féconde,
              De faire remonter
La famille au pouvoir, que tout reflue, abonde;
              C'est à nous de hâter,
Travailler ardemment avec beaucoup de zèle,
              De grande activité,
A panser notre France, à la rendre plus belle
              Avec la royauté.
Prince, ces pèlerins ont la persévérance
              Pour être bons soutiens,
Peuvent coopérer, vous donner assistance,
              En fidèles chrétiens.
Ils seraient fiers de voir des glorieux ancêtres
              Le fils de saint Louis
Revenir rétablir les beaux-arts, belles-lettres,
              Le trône, avec *Paris!*
Reprendre un grand essor, cette immortelle gloire
              Du pays, la nation,
Pour la faire revivre, être consolatoire,
              Nous rendre l'union.
On vous a proposé un grand pèlerinage
              A Jersey, de nouveau,

D'hommes très dévoués pour vous offrir l'hommage
  Riche, éclatant et beau.

Prince, je crois savoir que votre cœur sincère
  N'a pas d'ostentation

Et que vous n'aimez pas le bruit, ce qui peut faire
  L'éclat, l'agitation ;

Vous montrer, pérorer, s'exposer à la vue
  Du public, débiter

Des discours orgueilleux où l'âme s'évertue,
  Cherche à s'orienter.

Vous aimez le silence et le calme paisible,
  La fructueuse paix

Pour éviter et fuir ce qui est faux, nuisible,
  Fâcheux, rude, mauvais.

La vaine ostentation, ce n'est pas la pâture
  Qui nourrit votre cœur;

L'erreur, outrage, offense, attaque, insulte, injure
  N'ont pas votre faveur;

Prudent vous êtes né, judicieux, sensible,
  Propre au discernement,

Avez la faculté d'être doux, accessible,
  Le caractère aimant.

Vous pourrez observer ces âmes favorables
      A la vertu, au bien,

Au respect du prochain, dignes et charitables,
      Qui seront le soutien

Du pouvoir, du pays, du trône, de la France,
      Dévoués de tout cœur

A vous, et vos enfants, auront de la constance,
      Avec joie et bonheur ;

Ils soutiendront le Roi avec ardeur, courage,
      Sans peine, sans ennui.

S'il arrive malheur, un désastre, un naufrage,
      Ils seront votre appui,

Prince, votre soutien ; ces pèlerins honnêtes
      Sont pleins d'honneur, de foi,

Ils désirent vous voir, seront d'heureux prophètes
      Et souhaitent leur Roi ;

Ils sont affables, doux. pleins de délicatesse,
      Sociables, courtois,

Ont l'âme à l'union, l'extrême politesse,
      Fort zélés pour vos droits.

Tout en eux est aimable, excellent et limpide,
      Juste, bon et humain ;

La droiture, équité, les dirige, les guide
    Sans peine, c'est certain.
Espérons tout de Dieu, il protège la France ;
    Sans lui aucun espoir,
Fait cesser les fléaux, est notre providence,
    Il a seul le pouvoir.
Confions-nous à lui pour avoir son suffrage,
    Prions-le chaques jours
De vouloir accorder un bienheureux présage,
    Nous donner son concours.
Mais patience, les maux peu à peu guérissables
    Seront moins importans ;
Nous pourrons éviter ces faits durs, exécrables,
    Et si persécutans.
L'espérance renaît, revit dans la patrie ;
    Un sort moins dangereux
Se fait voir, apparaît ; la croyance appauvrie
    Cherche à rouvrir les yeux.

IAMBES

A Leurs Altesses Royales Monseigneur le Comte et la Comtesse de Paris.

———

Prince, rassurez-vous ; la misère est très grande,
  Le commerce est bien bas,
L'industrie est mourante, il faut que l'on s'entende
  Pour sortir d'embarras ;
Ils éprouvent l'ennui, la peine, la souffrance ;
  Les esprits divisés
Ressentent les douleurs en cette circonstance,
  Sont démoralisés,
Aspirent à la joie, au bonheur, l'allégresse
  De posséder, revoir
Leur légitime Roi, son épouse, Princesse,
  Désirent vous asseoir
Sur le trône envié de la grande patrie
  Pour nous rendre joyeux,
Faire fuir et chasser la discorde, furie,
  Revenir très heureux.

Ce sont là les souhaits de la France fiévreuse
  Qui cherche à ramener
Cette belle famille affable, affectueuse,
  Digne de gouverner.
Elle espère, elle attend que la nation française
  Lui donne le pouvoir
Et que les passions, l'injustice s'apaise,
  Veuille la recevoir
Comme elle le mérite en droit si légitime,
  Équitable, loyal,
Pour régir le pays, l'écarter de l'abîme,
  Du désordre fatal,
Rétablir, restaurer la foi et la croyance
  A la religion,
La vertu, la douceur, qui sont la récompense
  De la pure adhésion,
De l'aimable bonté, du mérite sincère,
  De sentiments pieux;
Que le pays remonte et, pour se satisfaire,
  Se dessille les yeux.
J'aime à croire, à penser que la nation éprouve,
  Prince, un très grand chagrin,

Qu'une majorité sage, honnête, réprouve
      Ce dur fâcheux destin.

Chaque jour il s'accroît, pousse, monte, s'augmente,
      Peut faire le malheur,

Une grande tristesse, une énorme épouvante,
      Produire la terreur.

Monseigneur, j'ai l'espoir dans l'âme de ne craindre
      Ces maux si douloureux ;

J'ai tort de dire noir, de décrire, dépeindre
      Ces faits calamiteux,

Tandis que dans mon cœur couve cette espérance,
      Germe depuis longtemps.

Je désire vous voir le chef de cette France,
      Nous rendre heureux, contens.

Vous et votre famille êtes justes, capables
      De guider les Français

A l'honneur, à la gloire, aux succès profitables
      D'une tranquille paix.

Ce qu'il faut aujourd'hui n'est ni luttes, ni guerre
      Avec tous nos voisins,

Suivre et continuer du Roi votre grand-père
      Les vœux et les desseins,

N'être pas conquérants, mais dans les arts, la science,
     Devenir glorieux,
S'illustrer à bien faire, avoir de la prudence,
     Être respectueux
Envers l'humanité, les peuples dans le monde
     Et dans tout l'univers ;
Soutenir, protéger la culture féconde
     Des terres et des mers.
Je voudrais bien encore éteindre la misère,
     Si cela se pouvait ;
Mais je pense, je crois que c'est une chimère,
     .Et pourtant un bienfait
Surprenant, prodigieux, excellent, charitable
     Que l'amour du prochain,
Tendresse, affection ravissante, ineffable
     A tout le genre humain.
Si l'homme le voulait avoir de la clémence
     Pour ceux qui sont souffrans,
Leur accorder sans cesse une grande assistance
     En les améliorans,
Retirer du malheur affreux et misérable
     Tous les gens souffreteux

Et ceux qui ont besoin, dans l'état lamentable,
      Pauvres, nécessiteux.

Voilà, Prince, mon cœur ce qu'il aime, désire,
      Ce qui fait mon espoir

De clore cette honte et pouvoir vous redire :
      Arrivez au pouvoir.

Votre présence est chère au pays, à la France ;
      Nous vous désirons tous,

Nous implorons le ciel, Dieu, sa toute-puissance,
      Pour vous voir près de nous.

Accordez la faveur à toutes nos prières,
      Donnez-nous ces bienfaits,

Nos vœux sages et purs, affectueux, sincères,
      Sont pour vous désormais.

IAMBES

*A Leurs Altesses Royales Monseigneur le Comte
et la Comtesse de Paris.*

Souvenir bienfaisant, tu revis dans nos âmes,
    O charmes glorieux !
Tu produis dans nos cœurs de ravissans programmes,
    Un bonheur fructueux.
Son air affable, bon, sa douceur bienveillante
    Savent nous attendrir,
Nous toucher, émouvoir, et sa parole aimante
    Comble notre désir.
Elle produit sur nous la sensation magique,
    Un précieux bienfait,
Corrobore la foi, la croyance énergique
    Qui nous enchante, plaît.
Nous possédons ce bien, cette douce assurance
    De l'aimer, le chérir,
Comme Roi légitime, avec ardeur, constance,
    De pouvoir nous unir,

Protéger, relever notre belle patrie.

      Elle se plaint, gémit

De ce pénible état qui la rend appauvrie,

      Lui fait le discrédit.

O grande nation, toi, la reine du monde,

      Tu baisses peu à peu;

Dans la splendeur, jadis, magnifique, féconde,

      J'en fais le simple aveu;

Maintenant tu n'as plus ce beau titre de gloire,

      Tu es prête à faillir,

Tu as perdu tes droits, portion du territoire,

      Tu cèdes, vas fléchir.

Prends de nouveau courage et montre ta vaillance

      Pour éviter le mal.

Ces faits si désastreux, funestes à la France,

      Peuvent être fatal,

Attirer des malheurs affreux, épouvantables,

      La révolte au pays,

Ébranler, agiter les passions effroyables,

      La terreur dans Paris.

Ce serait, Monseigneur, désolant et pénible

      Pour vous et votre cœur.

Ces maux, cette souffrance à votre âme sensible
        Produiraient la douleur,
Vous rendraient malheureux de voir tout ce désordre
        Arriver, se montrer.
Réveille-toi, reprends, nation, le bon ordre
        Pour ne pas voir sombrer
Tes beaux-arts, ta science ingénieuse, savante,
        Tes travaux fructueux ;
Ta puissante industrie est forte, est diligente,
        Tes talens somptueux ;
Ils ont fait dans le monde un bien très magnifique,
        Un effet ravissant ;
L'univers reconnaît ton courage énergique,
        Fort, rare, éblouissant.
Je voudrais espérer, nation étonnante,
        Ton retour au bonheur ;
Que tu puisses vouloir, satisfaite, contente,
        Consoler notre cœur,
Détruire, anéantir les motions radicales,
        Les outrages violens
Dans les clubs, réunions, où l'on fait les scandales,
        Des discours insolens.

Reviens, ô ma patrie, au bien, à la sagesse,
  Dans l'ordre prends ton rang ;
Dieu te protègeras, t'assisteras sans cesse,
  Ne verse plus de sang,
Donne-nous le repos, ce calme doux, tranquille ;
  Nous serons gais, joyeux,
De te voir revenir complaisante, docile,
  Et ton cœur sérieux.

Prince, ce sont nos vœux et l'aimable devise
  De gens honnêtes, droits,
De ceux qui voudraient voir cesser, finir la crise,
  Ces horribles exploits
Qui rongent le pays, produisent la misère,
  Des maux bien dangereux
Et d'atroces douleurs, une effrayante ulcère,
  Des dommages affreux,
Retirent le travail industrieux à l'homme,
  Le font bien affligeant,
Pauvre, nécessiteux, et le rend, sous le chaume,
  Triste, sombre, indigent,
Digne de compassion, de pitié, de l'aumône.
  Il faut, dans le malheur,

Assister, secourir tous ceux que l'on soupçonne
            D'éprouver la rigueur,
Se cacher, si l'on peut, en soignant les blessures
            De notre humanité,
A soulager, guérir toutes les créatures
            Et leur adversité.
Que Dieu fasse le Roi dans notre belle France,
            Pour panser, adoucir,
Amoindrir tout le mal, cette horrible souffrance,
            Prête à faire faillir.
Elle nous presse, étreint avec une énergie,
            Une grande vigueur,
Qui peut annihiler, nous mettre en léthargie,
            Un état de torpeur,
Envahir, supprimer nos biens et nos fortunes,
            La science, beaux-arts,
Proscrire notre foi, rétablir les rancunes,
            Ces féroces pillards,
Remplis de cruautés, farouches, sanguinaires,
            Traîtres, fourbes, menteurs,
Perfides, déloyaux, vils, faux, incendiaires,
            Pleins de crimes, d'horreurs.

IAMBES

*A Leurs Altesses Royales Monseigneur le Comte
et la Comtesse de Paris.*

———

Admirable trésor, tu peux réjouir l'homme,
    Lui faire un grand plaisir,
Et mettre sur sa plaie un délicieux baume,
    L'enchanter, le ravir.
C'est le charme, l'attrait de l'esprit qui peut faire
    Le précieux bonheur,
L'érudition, la science, elle est très salutaire,
    Panse, adoucit le cœur.
Poètes si joyeux, armez-vous de patience,
    Obtenez le progrès ;
Retirez du cerveau des vers en abondance
    Pour avoir du succès.
Heureux de posséder ces biens intarissables,
    Rares, éblouissans,
A vous faire éprouver ces bienfaits agréables,
    Parfaits, réjouissans,

Une joie infinie où l'on ressent les charmes
   Et la félicité,
Qui vous feront couler de tendres, douces larmes,
   Cette fécondité
D'aptitude, talent d'un poëte paisible
   Qui croit et pense à Dieu,
Quand il est pénétré que son âme sensible
   S'élève peu à peu,
Réussit prend son vol, sous la voûte azurée,
   Voltige dans les airs,
Se hausse avec vigueur, d'une voix inspirée
   Déclame tous ses vers.
C'est l'instant précieux où la beauté magique
   Se montre, se fait voir,
Agit sur l'homme, étend son fluide poétique,
   Lui donne de l'espoir,
De la célébrité, de l'honneur, de la gloire,
   Le rend affectueux,
Lui offre ce bonheur doux et consolatoire,
   Aimable, fructueux.
Cet état ravissant, cette réjouissance
   Au cœur du genre humain

Peut produire en tout temps, avec magnificence,
  Un plaisir superfin,
De riches sensations à votre âme ravie.
  Chaques jours écoulés,
L'affliction s'adoucit de ceux qui, dans la vie,
  Sont tristes, désolés,
Souffrent, peinés de voir toute leur existence
  S'affaisser, s'amoindrir
Dans l'ennui, le chagrin, sans aucune assurance
  De pouvoir réussir.
Savans dans l'art des vers, la riche poésie,
  Triomphans, glorieux,
Versifiez sagement, ayez la courtoisie
  De les faire gracieux.
Le ciel protègera vos écrits, votre muse,
  Votre cerveau fécond,
Donnera la valeur, la connaissance infuse
  A votre esprit profond ;
On lira votre nom aux pages de l'histoire,
  Au monde, à l'univers ;
Vous en recueillerez une très grande gloire
  D'ouïr dire vos vers.

Si vous pouviez avoir, vivants, la renommée,
       Ce fait prodigieux,
Cette illustre renom de votre muse aimée,
       Ce serait merveilleux;
Encensés, adulés, flattés par la louange,
       Caressés chaque jour,
Cela vous donnerait un plaisir sans mélange
       Dans votre heureux séjour;
Et Dieu qui nous protège accorde sa clémence
       A l'homme doux, aimant,
Aide à la société, donne son assistance
       Affectueusement
A ceux qui ont l'amour de la foi salutaire,
       De la religion,
De la moralité, la douceur, la prière
       D'une grande union.

Eh bien! homme insouciant, si tu veux qu'on t'admire,
       Sois juste, droit, moral,
Possède la bonté pour que l'on puisse dire :
       Il fut pur et loyal.
Affable, vertueux; son âme généreuse,
       Son cœur reconnaissant

Ont eu l'honneur, la joie ineffable, glorieuse,
                    Un bien réjouissant.
Tâchez de cultiver la paix, riche apanage,
                    Pour gagner du terrain,
Revenir bienveillant selon la loi du sage,
                    Instruit, bon, doux, humain.
Ce serait la faveur, une vive allégresse,
                    Le pur enchantement ;
Il nous raviverait, nous donnerait sans cesse
                    Le précieux agrément
De voir naître le jour où aspire la France
                    Avec beaucoup d'ardeur,
De placer ce vrai Roi au pouvoir, sans violence,
                    Et cesser le malheur,
Tous nos désagrémens ; notre sombre misère
                    Augmente tous les jours,
Pousse, monte, s'accroît, rend triste, désespère,
                    Sans donner de secours.

IAMBES

*A Leurs Altesses Royales Monseigneur le Comte
et la Comtesse de Paris.*

Dois-je continuer ce travail qui m'attire,
    Procure le plaisir
D'escalader ces monts, que j'envie à décrire,
    Savent me réjouir,
Répéter constamment ces mots, ces vers sans cesse
    Sans me préoccuper
De l'ennui, déplaisir, à ceux que je m'adresse.
    Et pour développer
Les mêmes sentiments, les mêmes réparties ?
    Cesse, faible songeur;
Toutes tes digressions sont nulles, mal bâties,
    Ton style est sans valeur,
Tend à perpétuer ce qui se fait, se passe.
    C'est un très mauvais lot
Ce pénible labeur qui nous fatigue, lasse
    De ne pas voir plus tôt

Ce bon Roi, son épouse et son fils sur le trône

        Ramener l'union,

La bienveillance, accord, ce qui nous affectionne,

        Fait l'admiration.

Tu n'as aucun pouvoir sur le pays, la France,

        On ne te connaît pas,

Tu languis, inconnu, ton obscure existence

        Est ignorée, hélas!

Le sort peu favorable à tes vers, à tes rimes,

        Refuse son concours,

Ne te donne jamais à tes pensers intimes

        D'aide ni de secours.

Si tu avais l'éclat, la grandeur, la puissance

        Dans le monde, aujourd'hui,

On pourrait te choyer, avoir la déférence,

        Ce serait ton appui,

Te vanter, te louer, tu en aurais la gloire,

        L'honneur, la dignité;

Tes hauts faits éclatans, burinés dans l'histoire

        Avec fidélité,

Dans ce vaste univers ton nom, tes vers célèbres,

        Reconnus et fameux,

Tu fuirais le sentier sombre, obscur des ténèbres

   Où l'on vit langoureux ;
Tu serais élevé, monterais au pinacle,

   Obtiendrais la faveur ;
Tu aurais le succès sans peine, sans obstacle,

   Ce serait ton bonheur.

Travaille, mon ami, avec force, vaillance,

   Pour arriver au but,
Avoir la distinction, droit à la préséance,

   Ce charmant attribut.

Hardiment livre-toi, sans entraves, sans peines,

   Sans le moindre sursis,
Sans discontinuer, brise, détruis tes chaînes,

   Ne sois pas indécis ;

Fais un constant effort pour vaincre l'indolence,

   L'insensibilité,
La froideur, l'apathie, état de défaillance,

   Et la débilité.

A nos âmes, nos cœurs, ils feraient de la joie,

   Le calme, le repos ;
Ils pourraient nous remettre en cette riche voie

   Qui nous rend gais, dispos.

Je crois que mon talent n'a pas l'exubérance,
      Pouvoir ingénieux,
Cette force, vigueur, l'énergie, influence,
      L'esprit judicieux,
Pour agir sur le monde et tâcher de lui faire
      Gracieusement plaisir,
Séduire avec douceur, charmer, ravir et plaire,
      Pouvoir nous réjouir.

Je reconnais le peu de clarté, connaissance,
      Qui sont dans mon cerveau ;
Je dois étudier avec ardeur, constance,
      A faire du nouveau.

Le temps est un grand maître, et j'aurais du courage
      D'approcher peu à peu,
Pour joindre et aborder au bienheureux rivage,
      Mon désir et mon vœu,
Si je peux parvenir, un jour, à la science,
      Cette félicité,
Que Dieu veuille m'aider de sa toute-puissance,
      Sa grande charité.

Il ferait dans mon cœur un bienfait doux et rare,
      Satisfaisant, joyeux ;

J'en devrais ressentir, ah ! je vous le déclare,
>> Un bonheur prodigieux.

J'aspire à ce moment d'une vive allégresse,
>> De plaisir, de faveur,

Où je possèderais cette émouvante ivresse
>> Pour mon âme, mon cœur.

Existe-t-il sur terre un plus charmant délice ?
>> Faveur que Dieu produit,

L'esprit, l'érudition à l'homme si propice,
>> On aime à être instruit ;

On doit en éprouver des sensations glorieuses
>> D'un fait si consolant,

De douces émotions constantes, précieuses,
>> Un état excellent.

IAMBES

*A Leurs Altesses Royales Monseigneur le Comte
et la Comtesse de Paris.*

De tout côté s'élève et s'échappe la plainte ;
      Le pays agité
Cherche, voudrait pouvoir supprimer cette étreinte
      Et cette anxiété.
La nation souffrante éprouve cette gêne,
      Le désordre moral,
Désire s'affranchir de l'affreuse gangrène,
      De cet horrible mal
Qui s'accroît chaque jour, mine, ronge sans cesse
      Les cœurs des bons Français,
Produit l'affliction, amène la tristesse,
      De douloureux méfaits.
C'est demain, pauvre France, où tu pourras entendre
      Ces soutiens du pays ;
Pourront-ils exprimer, propager et répandre
      Leurs voix, leurs bons avis,

Discuter librement les droits de la patrie,
      De notre nation,
Qui demande à renaître. Elle souffre, est aigrie
      De l'agitation,
De ces perplexités d'hommes faux et rebelles,
      Occupés d'affaiblir
Et de faire au pays des douleurs bien cruelles,
      L'abattre, anéantir.
S'ils n'ont pas le pouvoir, majorité, puissance,
      Ne désespérons pas
De les voir arriver, d'obtenir cette chance
      Où on les chasseras
Comme des insensés remplis de perfidie,
      Déloyaux à la foi,
Agiles et dispos au mal, à l'incendie,
      Au pillage, à l'effroi.
Si les conseils n'ont pas dans le vote, suffrage,
      Une majorité
Essentielle, importante à repousser l'orage
      Et la perversité,
J'espère, l'an prochain, avoir ces réussites,
      Ces bienfaits excellens

Contre ces gens pervers, corrompus, hypocrites,
    Fléaux très désolans.

Les esprits sérieux, réfléchis, ont l'envie
    De faire un grand effort,

Sortir de ce guêpier, se rendre où Dieu convie
    Pour avoir du renfort,

Remettre au droit chemin ces gens dont l'insouciance
    Cèdent sans y penser,

Avec facilité, sont pleins d'indifférence,
    Se laissent rabaisser.

Il faut être vaillant, posséder le courage,
    Avoir de la vigueur

Pour arriver au but de cet heureux voyage
    Où gît le vrai bonheur.

O mon pays, au cœur toujours plein d'espérance,
    Tu peux aider beaucoup,

Apporter ton secours à cette noble France
    Ayant reçu le coup

Rude, affreux; souviens-toi, gardes-en la mémoire,
    Pour ne plus succomber

A ces sombres périls consignés dans l'histoire,
    Ne plus y retomber,

Reprendre ta grandeur, ta force, ta puissance,
  Ton pouvoir d'autrefois,
Pour revenir prospère, obtenir l'influence,
  N'être plus aux abois ;
Reconquérir la paix, ô ma belle patrie,
  Ce bien si précieux,
Moral, louable, honnête. Aujourd'hui, je t'en prie,
  Rends-nous contens, joyeux;
Les Français reviendraient de l'erreur de leurs fautes,
  Retrouveraient l'espoir
De se voir acclamés comme bons patriotes,
  Ne plus tomber, déchoir.
Obéis et consens d'écouter nos prières,
  Mon cœur est en émoi.
Tous nos désirs, nos vœux sont justes et sincères,
  Et sont de bon aloi ;
Tu en éprouverais un bienfait admirable,
  Un état ravissant;
Tu serais réjoui d'un bonheur ineffable,
  Doux et attendrissant;
Ta vie et ton honneur en tireraient la gloire,
  Ton nom retentirait,

Aurait un grand éclat, les fastes de l'histoire
Raconteraient ce fait

Honorable, brillant, dans l'univers, le monde,
Cette publicité

Et ce beau résultat de la foi si féconde
Dans notre Société.

Le prince reviendrait sur le trône de France,
Nous serions heureux

De voir la nation obtenir l'abondance,
Un état fructueux,

Apporterait la paix dans nos cœurs et nos âmes.
La bonté, la douceur;

Ce bien qui nous réchauffe aux purs rayons de flammes
Est très consolateur.

Tu te reposerais, ô France malheureuse,
De tes rudes travaux;

Tu aurais bien conquis la trêve fructueuse,
Après ces durs fléaux;

Dieu plein d'affection, de tendresse, clémence,
Soulagerait ton cœur,

Concèderait sa grâce avec son assistance,
Ferait tout ton bonheur.

IAMBES

A force de forger on devient forgeron.
        Cet ancien vieux proverbe
Est bien vrai; pour gagner, obtenir ce fleuron,
        Réjouissant, superbe,
D'aspirer au séjour parfait, délicieux
        De l'aimable Parnasse,
Au milieu des savants, d'hommes si glorieux,
        Pouvoir y prendre place ;
Mais il faut bien lutter à ce rude labeur
        Consolant et pénible,
Pour avoir, posséder cette immense faveur
        D'un repos doux, paisible,
Dans ce lieu ravissant, louable, merveilleux;
        La science y convie
A construire des vers riches, très fructueux
        Qui abrègent la vie.

Avant de succomber, que d'ennuis, de tracas,
      Se montrent, peuvent naître !
La haine, le dégoût, jusqu'au bord du trépas,
      Peuvent venir, paraître,
Désoler votre cœur de chagrins douloureux,
      De peines redoutables,
De maux durs, accablans, qui rendent malheureux,
      Sont rudes, irritables;
Vous avez à combattre et faire des efforts
      Contre ces maléfices
Nuisibles, dangereux, d'où naissent les remords
      Persécuteurs, propices
A la souffrance amère, à la désolation,
      A l'injure, à l'outrage,
A l'état désastreux ; la cruelle affliction
      Vous abat, décourage.
Si les gens vicieux, haineux, s'amélioraient,
      Avaient de la justice,
L'envie aurait sa fin et tous ils reviendraient
      Doux, purs, sans artifice ;
Nous serions heureux de posséder, jouir
      D'une vive allégresse,

Ravis d'enchantement, de charme, de plaisir;
        Nous aurions cette ivresse,
L'enthousiasme, orgueil de la muse des vers,
        La riche poésie;
Nous en éprouverions des sentiments divers,
        Goûterions l'ambroisie
De ces rares bienfaits, une grande douceur;
        Un attrayant programme
Ferait l'illusion, la joie et le bonheur
        Dans le fond de notre âme.
Heureux momens d'éclat, splendide ambition,
        Remplis d'honneur, de gloire;
Nous en serions séduits, pleins d'admiration
        Douce, consolatoire.
L'esprit et le cerveau en seraient éblouis
        D'ineffables délices,
Délicats et puissans, agréables, exquis;
        Dans ces brillantes lices,
Nous aurions au cœur la vive émotion
        Qui plaît, nous fait revivre,
Nous attire, électrise et fait l'attraction,
        Nous passionne, rend ivre,

Trouble notre raison, nos sens et nos esprits,
      La tête fructueuse,

Fait la vive clarté aux savans érudits,
      Leur verve lumineuse.

Ces instans glorieux, rares, attendrissans,
      Font une douce vie

Aux poètes penseurs, des jours resplendissans
      A leur muse ravie,

L'éblouissant effet, tendre, sensible au cœur,
      Leur font verser des larmes

De plaisir et de joie, accorde la faveur,
      Fait éprouver des charmes

Suaves, séduisans, riches, harmonieux
      Ce qui les magnétise,

Leur communique un fluide abondant, prodigieux,
      Sublime, qui les grise.

Gardez-vous des envieux, jaloux de vos succès,
      Disposés à mal faire,

Constamment à l'affût, se jettent dans l'excès,
      Sont tout pour l'arbitraire
Et sans cesse occupés à saper vos écrits
      Dans les conciliabules,

Emploient tous leurs moyens à faire le mépris,
    Sans aucuns préambules,
De votre poésie estimable, vos vers,
    Votre modeste ouvrage.
Ils en parlent tout haut avec des tons amers
    Pour attirer l'orage.
Avant que de pouvoir arriver au séjour
    De cet heureux Parnasse,
Vous devrez supporter les revers tour à tour,
    Encourir la disgrâce ;
Mais courage, bientôt vous aurez le bonheur
    D'obtenir confiance
Dans l'âme, la vertu, l'espoir dans votre cœur,
    D'acquérir la science,
Et de l'érudition en homme assez instruit
    Dans la littérature,
Vous pourrez recueillir, en retirer le fruit,
    Faire bonne figure.

IAMBES

———

Comment vais-je pouvoir continuer d'écrire
       Au bout de mon rouleau ?
Je ne sais vraiment pas ce que je dois décrire
       De modeste, nouveau.
Mon esprit s'affaiblit, s'épuise, perd courage,
       S'amoindrit, disparaît ;
Il faudrait que le ciel m'accorde l'avantage
       De ce rare bienfait
De pouvoir découvrir le chemin du Parnasse.
       Mon cœur, depuis longtemps,
Cherche, voudrait trouver, y désire une place
       Et des succès constans.
Fait étrange, excessif, véritable prodige,
       Que ma demande à Dieu
De détruire, aplanir l'obstacle, le litige
       Et d'exaucer mon vœu.

Qu'il veuille m'octroyer, à ma douce prière,
Tout pour ne pas déchoir.

M'accorder cet espoir

De me voir accueillir, aimer, chérir et faire
Tout pour ne pas déchoir.

Un grand poète a dit, dans son Art poétique :
Il faut un vrai talent

Pour faire de beaux vers dans un poème épique,
Un savoir excellent,

Rempli d'érudition, disposé, favorable
Au succès, merveilleux,

Avoir l'esprit subtil pour être intarissable,
D'un rapport fructueux.

Mon imagination chaque fois me refuse
Cette science, hélas !

Que je désire avoir, retenir pour ma muse,
J'en ressens l'embarras,

La peine, le chagrin de voir qu'elle s'éloigne,
Fuit, se cache de moi,

M'oublie, évite, court sans cesse, me témoigne
Sa crainte, son effroi.

Je dois avoir du zèle et prendre du courage,
Montrer beaucoup d'ardeur

A cette occupation et difficile ouvrage,
    Ce pénible labeur.

Cette chaleur, ce feu ne sont pas dans mon âme,
    Dieu ne m'a pas donné

Ce pouvoir dans l'esprit, cette énergique flamme
    Que j'ai ambitionné.

Chaque heure de ma vie, avec son inconstance,
    Pégase est bien rétif;

Mon étoile, mon astre ont pour moi la défiance,
    Phébus est inactif,

Inexorable, sourd à ma voix, ma prière,
    Mes souhaits, mon désir;

L'épreuve dure trop, elle est rude, sévère,
    Me fait beaucoup souffrir.

Je dois me conformer à cette défaillance,
    A ces faits douloureux,

De voir couler mes jours, toute mon existence,
    Dans l'état ténébreux,

Privé de ces accords de la riche harmonie,
    De ces nobles accens

Qui vous mettent au cœur une joie infinie
    Des effets ravissans

Je pourrais débiter, déclamer sans relâche,
>> Avec mon faible esprit,

Un poème, des vers, pour accomplir ma tâche,
>> En tirer du profit ;

Vivre obscur et dans l'ombre, éloigné, solitaire,
>> Sans ennuis, sans tracas,

Céler, cacher mes vers, un poème vulgaire,
>> Voir venir le trépas.

Je verrais s'achever, finir avec confiance
>> La paix au fond du cœur,

Cesser, clore ma vie et voir mon impuissance
>> Sans souffrance, rigueur.

Ce sort est envié peu souvent par les hommes ;
>> Ils aiment à montrer

Chaque jour, faire voir qu'ils sont des gentilshommes,
>> Pour se faire admirer ;

Ils étalent aux yeux leur vanité frivole,
>> Leur orgueil aux naïfs,

Leur superbe fierté, savent jouer leur rôle,
>> Sont hautains, présomptifs.

Ce n'est pas là qu'on trouve un bonheur vrai, paisible,
>> Ces sentimens précieux,

La sensibilité rare, pure, indicible,
                Ineffables, gracieux ;
Qui procurent la joie, une amour infinie,
                Agréable, parfait,
Un cœur qui sait aimer la riche symphonie,
                Ce consolant attrait.
Dans son joyeux séjour, il a cet adorable
                Plaisir des bienheureux
D'aimer, chérir la foi, la croyance admirable,
                Ce qui est vertueux.
Si l'homme voulait bien s'appliquer sur la terre
                D'avoir l'intégrité,
Cette aimable douceur que le monde révère
                Et la sincérité,
Peu commune aujourd'hui, où germe l'égoïsme,
                Qui monte et qui s'accroît,
Sape un peu chaque jour, le doux christianisme,
                Détruit notre bon droit.

IAMBES

.

———

Venez, réveillez-vous, jeunes cœurs, au printemps ;
   Voici cet heureux temps
Où tout pousse, jaillit, s'accroît et s'éjacule
   Après le crépuscule ;
La sève, les bourgeons montent avec ardeur,
   Croissent avec vigueur.
Jolis boutons de fleurs, multipliez vos pousses
   Sans peines ni secousses ;
Montrez-vous à nos yeux superbes et brillans
   Et très émerveillans.
Le soleil vous réchauffe et ranime sur terre,
   Comme dans une serre,
Peut faire, chaque jour, accroître, prospérer
   Le pouvoir d'admirer
Le petit arbrisseau, la violette, la rose,
   Que l'on soigne, on arrose

Pour les entretenir, donner l'aspect joyeux,
    Doux et harmonieux,

Ces plants pleins de vigueur, excellens, parfois rares,
    Nous en sommes avares,

Les traitons avec soin et régularité,
    Calme, assiduité.

Je chéris le jasmin, le bouquet d'héliotrope;
    Son parfum développe

Un principe odorant dont l'excès fait du mal,
    Peut devenir fatal

Et vous faire cesser, clore votre existence,
    Mourir sans qu'on y pense.

Délicieuses fleurs, au toucher précieux,
    Le charme de nos yeux,

Qui vivez peu de temps, mais repoussez sans cesse,
    Faites notre allégresse

A respirer l'arome; il réjouit le cœur
    Avec joie et bonheur.

Vos contours ravissans, vos couleurs séduisantes,
    Gracieuses, charmantes,

Nous enivrent parfois l'âme d'un vrai plaisir,
    Qui sait nous éblouir.

Nous voulons observer, admirer vos toilettes,

    Les vanter dans nos fêtes;

Cette grande faveur, ce pouvoir si puissant

    Est très réjouissant,

Nous attire, nous flatte et fait à notre vie

    Un sort digne d'envie.

L'homme doit être heureux de vivre en son jardin,

    Palper le doux satin

De ces feuilles, ces fleurs divines, magnifiques,

    Belles, aromatiques;

En passer la revue est un délice exquis,

    Pour nos yeux, des rubis;

Nos cœurs en sont joyeux de plaisir, de tendresse

    Et d'une pure ivresse;

On ressent, on éprouve, on goûte une saveur,

    Une immense douceur.

Cette aimable culture adorable, attrayante,

    Est riche, variante,

Donne des émotions à notre âme, à l'esprit;

    Notre cœur en sourit.

C'est un avant-coureur d'extrême jouissance,

    La belle récompense,

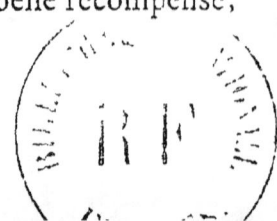

La noble attraction dans son sage réduit,
　　　　Sans tracas et sans bruit.

On voit couler ses jours au sein de la verdure,
　　　　L'adorable nature;

Cette flore sublime, irréprochable aux yeux,
　　　　Qui nous rend bienheureux,

Nous donne la splendeur, l'ambition dans l'âme,
　　　　Un excellent programme.

O vous, qui connaissez le culte de la fleur,
　　　　Révérez cet honneur,

L'heureux enchantement avec délicatesse,
　　　　Faites une caresse.

Soyez affectueux, disposés à guérir
　　　　Ceux qui peuvent souffrir

Et sont dans l'indigence, une angoisse cruelle;
　　　　La misère réelle

Les domine, soumet, les gêne, pervertit,
　　　　Et les assujettit.

Corrigeons les défauts de notre race humaine,
　　　　Que la bonté nous mène,

Nous conduise au pardon de ce sombre et fatal
　　　　Péché, vil, infernal.

Soyons très indulgents pour l'outrage, l'insulte ;

> Fuyons le bruit, tumulte ;

Comme apprend l'évangile, ayons l'aménité,

> La douceur, charité

Envers l'homme brutal qui nous meurtrit, nous blesse ;

> N'ayons pas de rudesse ;

Pour tous soyons cléments et tâchons d'adoucir

> Ceux qui peuvent souffrir,

Avec de la bonté, moraliser, instruire,

> Dans le bien les conduire.

Enseignons la vertu, prudence, fermeté

> Et l'affabilité

Dans la voie ineffable, aimante, pacifique

> De la foi catholique ;

Sans trêve ils jouiront de la félicité,

> De la pure clarté,

Verront ce beau soleil, l'éclatante lumière,

> Et clore leur carrière.

IAMBES

——

Je l'ai dit, notre globe est en feu dans le centre,
　　　La science l'apprend.
Sans cesser, l'ignition couve, elle se concentre,
　　　Agit en conquérant.
Des volcans furieux jettent, lancent leurs laves,
　　　S'écoulent à pleins bords
Et la cendre envahit les villes, les engraves,
　　　Sans peines, sans efforts ;
Elle suffoque, étouffe et fait périr le monde,
　　　Ravage tous les biens ;
Le feu, cet élément agressif, surabonde,
　　　Confond, brise les liens.
On a pu retrouver les traces désastreuses
　　　De ces faits rigoureux ;
De Pompéï, mourant dans les douleurs affreuses,
　　　Souffrant et malheureux,

Ne put se dérober à son sort redoutable

Et subit l'imprévu

De se voir condamner à ce mal effroyable,

Fut pris au dépourvu;

De la fatalité ne put pas se soustraire,

N'eut d'aide ni secours,

Dans la suffocation vit finir sa carrière,

Privé de tout secours.

Babylone, Ninive ont cessé l'existence,

Accompli leur destin,

Disparus au néant, ont perdu leur puissance,

Ont vu leur sombre fin.

Ce qui tend à prouver que tout, dans cette vie,

S'achève, disparaît,

Gémit dans les douleurs ou bien, l'âme ravie,

A tout ce qui lui plaît.

Les peuples, nations tombent en décadence

Par leurs vices, défauts;

Leurs excès font venir la fin de l'existence,

De bien tristes fléaux;

Les arbres, les forêts, marbres, roches, carrières,

Le cuivre, l'or, l'argent

Sont par les vents réduits, saccagés, en poussières.
    Tout s'use, vient changeant,
Disparaît, n'est plus rien de fixe, d'immuable,
    Dans ce vaste univers,
Cesse de vivre, meurt, n'est pas invariable,
    Produit des faits divers
Et connus des humains instruits, sensés, propices
    Aux arts, judicieux,
Penseurs et réfléchis, esprits sans artifices,
    Fort savans, studieux.
Tout, je le crois, un jour verra son échéance,
    Et notre humanité
Se débilitera dans une défaillance;
    L'âpre fatalité
Nous frappera de coups fâcheux, rudes, pénibles
    Pour nous anéantir,
Inexorables, durs, affligeans et horribles
    A nous faire souffrir.
Seigneur, est-ce bien là ce qui attend la race,
    Cette calamité
De nous voir confondus et périr tous en masse
    De la perversité?

Ce temps est encore loin de notre fin prochaine
    De nous voir abattus,
Pulvérisés, réduits, détruits ; ce phénomène
    Est pour moi bien confus.
Je ne désire pas observer l'agonie
    De notre humanité.
Cette mort me ferait une peine infinie
    Une perplexité
De venir sombre, obscur, peu à peu disparaître
    Et cesser d'exister ;
Le chagrin, désespoir arriver, nous soumettre
    Sans pouvoir éviter
L'anéantissement de ce qui vit, existe,
    Ouïr tinter le glas,
Le globe démoli, plus rien, aucune piste,
    La mort et le trépas.
Dieu qui a tout créé, les globes dans l'espace,
    Produirait le néant
Et dans l'immensité, cette énorme surface,
    Tout deviendrait béant.
Hommes, je vous le dis, le Rédempteur réclame
    De la Société

La sagesse, vertu, la droiture dans l'âme,
>Douceur, aménité,
La constance au devoir, l'honnêteté bien pure
>Et la justice au cœur,
Le bon sens, l'équité, des marques de droiture,
>Ce bien consolateur.
Si vous ne suivez pas ces conseils raisonnables,
>Probes et bienveillans,
Charitables et vrais, excellens, admirables,
>Vous serez défaillans,
Châtiés et punis de vos fautes, vos vices ;
>Vos amis vous fuiront,
La honte, confusion, l'opprobre, les sévices,
>Vous anéantiront.

ESSAIS

Ouvre ton cœur à Dieu, à la prière,
A la croyance, au repentir sincère ;
Fuis le chemin perfide, dangereux,
Qui te conduit à l'état désastreux,
Peut faire un jour sombrer, périr ton âme,
Précipiter dans une horrible flamme,
Souffrir des maux rudes et violens.
Désespéré de ces faits désolans,
Tu en aurais des peines effrayantes,
De grands regrets, des douleurs foudroyantes.
Crois-moi, pécheur, reviens vite à ton Dieu,
A sa bonté pour exaucer ton vœu,
T'offrir, donner sa grâce, sa clémence,
Le vrai pardon, si tu fais pénitence,
Et reconnais ta faute, ton erreur,
D'avoir failli à la loi du Sauveur,

A la vertu, l'équité, la droiture,

L'intégrité, la probité bien pure ;

Viens au bercail, rentre dans le devoir

Pour établir le bonheur et l'espoir

De vivre en paix, d'obtenir la victoire

Sur tes passions et te couvrir de gloire,

De ce soleil qui réchauffe le corps,

L'âme, le cœur et tend tous les ressorts ;

Pour résister au désordre et au vice,

A la débauche, et l'affreux précipice.

Entends, chrétien, la voix d'un vrai croyant

Pour t'exprimer, en homme clairvoyant,

Ce qui produit le bien pur, cette source

D'honneur, de joie, une grande ressource

Féconde à l'homme, essentielle au bonheur.

Veux-tu te mettre avec beaucoup d'ardeur

A travailler au salut de ton âme ?

Par ton courage adopte mon programme

Avantageux, secourable, absolu

Et charitable, adouci, résolu

A te donner une amitié parfaite,

Ce que le sage aime, adore, souhaite.

Reconnais-tu l'immense vérité
Que je t'annonce avec sincérité ?
Sois attentif et suis, à ma prière,
Le bon sentier, tu deviendras prospère
Après avoir, sur terre, eu la faveur
De vivre en paix ; content, heureux, ton cœur
Sera joyeux, plein de charme, d'ivresse,
D'enchantement et de vive allégresse ;
Tu obtiendras de l'immortalité,
Le beau séjour de la félicité,
La récompense à l'âme vertueuse,
A ta conduite aimante, affectueuse.
Réfléchis bien, ami, dans l'avenir
Tu peux avoir des revers et faillir,
Si tu n'as pas une équité bien pure,
De la bonté, douceur dans ta nature,
De protéger les humbles, le prochain,
Panser, guérir le pauvre en ton chemin.
C'est un souhait que je fais pour les hommes
Sensibles, purs, dans les palais et chaumes,
Le soulager tous les gens malheureux,
Les indigens et les nécessiteux.

Le Christ a dit : secourez les misères,
Adoucissez les souffrances amères
Et consolez ceux dont le désespoir
Est grand, immense, ayant perdu l'espoir
De se sortir du douloureux abîme,
Se préserver et s'éloigner du crime,
Du mauvais sort, dangereux et fatal,
Où l'on périt de ce terrible mal
Qui bien souvent vient accabler la vie,
Faire sombrer dans la haine, l'envie ;
Elle est fatale et funeste aux humains,
Cache toujours ses criminels desseins.
Fuyez, mortels, ces maux cruels, horribles ;
Refugiez vos âmes bien paisibles
Au sein de Dieu ; venez vous recueillir,
Lui demander de vouloir raffermir
Dans la croyance et le vrai sanctuaire
Religieux de la paix qu'on vénère,
Pour recevoir l'heureux prix de vertu,
Le doux espoir d'en être revêtu,
Et d'être fier de mériter la gloire
De remporter une douce victoire.

C'est un bonheur puissant, affectueux,

Que vous aurez, amis respectueux,

D'être comptés, mis au rang des fidèles,

Où ne vont pas ceux qui sont faux, rebelles

A notre foi, où tout est ravissant,

Majestueux et fort attendrissant.

Religion adorable, divine,

Si consolante, admirable doctrine,

Dans l'univers, chaque jour tu nous fais

Grâces, faveurs, ineffables bienfaits ;

C'est un flambeau, une vive lumière,

Qui nous instruit, nous favorise, éclaire

Les bons chrétiens et notre humanité,

En ce bas monde où vit cette clarté,

L'instruction, la science littéraire,

Et les beaux-arts, ce qui est apte a plaire

Sur notre globe et au delà des mers,

Aux nations et aux peuples divers.

ODE

———

Votre fils, bonne mère, aujourd'hui pense à vous,
Après un demi-siècle il se met à genoux
Pour implorer le ciel et sa miséricorde,
La grâce du pécheur et la douce concorde ;
Je vous prie ardemment d'y joindre votre voix
Et d'invoquer ce Dieu, mort pour nous sur la croix,
D'accorder le pardon au repentir sincère
　　　　A ma vive prière.

Mère, dans le séjour heureux, éblouissant,
Où vous êtes placée auprès du Tout-Puissant,
Pensez à votre fils, il ressent sur la terre
De pénibles douleurs ; une tristesse amère
L'accable chaque jour, produit un grand effroi
De voir dans le pays le mépris de la foi,
De la religion divine, sainte et pure
　　　　Que le monde censure.

Intercédez pour lui avec votre bonté ,

Pour obtenir du ciel cette félicité

D'aimer, chérir son Dieu, la sagesse, croyance

Du Rédempteur divin. J'ai la vive espérance

De l'admirer un jour et me livre de cœur

Au doux recueillement; avec zèle et ferveur

J'aspire à cet espoir d'une âme pénitente,

> De ma voix suppliante.

Je m'adresse au Sauveur, fuis les impurs sentiers,

Tous les gens corrompus, les hommes vils, grossiers.

Votre enfant, tendre mère, éprouve la souffrance

De n'être plus guidé par votre bienveillance,

Votre aimable douceur, votre esprit vertueux,

Votre bon caractère, aimable, affectueux.

Vous nous chérissiez tous d'attachement louable,

> D'une force admirable.

Je voudrais bien vous voir près de moi constamment,

Vous aimer, vous chérir, adorer tendrement,

Joyeux de posséder ces vénérables charmes ;

Très heureux de sentir couler ces douces larmes

De joie et de bonheur : ces sentiments exquis,

Excellens et parfaits, que vous aviez jadis.

Cela ferait plaisir, réjouirait mon âme.

      Mon cœur vous le proclame !

Ces souvenirs sont là, gravés dans mon cerveau,
Burinés dans ma tête, inscrits jusqu'au tombeau
Et ne disparaîtront qu'au néant de ma vie.
Penser, songer à vous, c'est mon unique envie.
Cinquante ans sont passés sur mon cœur sans l'oubli,
Ma mémoire conserve intact, bien établi,
Votre précieuse image, affable, attendrissante,

      Durable, consolante.

Sans cesse me souviens qu'au jour de votre mort
Avez eu le courage, en faisant un effort
Pour revoir votre enfant. — Vous l'attendiez sans cesse
Et vouliez m'embrasser ; — survint une faiblesse ;
Et je ne pus à temps arriver pour vous voir.
J'en fus bien désolé de perdre cet espoir
De presser sur mon cœur une si bonne mère

      Au dévouement sincère.

Après cinq ans d'absence, et loin de supposer
Votre état si souffrant au point d'agoniser,

J'eus l'affreuse douleur de voir votre existence
Finir sans m'avoir vu : le Ciel, la Providence
Ne le permirent pas ; je ne pus que prier,
Pleurer sur votre tombe, humblement supplier
D'implorer pour mon âme un Dieu plein de clémence,
Toute son assistance.

Ces faits si douloureux reposent dans mon cœur,
N'en sortiront jamais : ils font tout mon bonheur,
M'occasionnent souvent des regrets bien pénibles,
Des pensers affligeans, cruels, irrésistibles,
Mélangés de douceur, tendresse, effusion.
D'ennuis, d'abattement, tristesse, affliction
Je finis et je clos cette sombre pensée
De mon âme oppressée.

Je me livre à ce charme enchanteur, ravissant,
Qui me rend si heureux et si attendrissant,
D'avoir connus en vous, mère adorable et bonne,
Des sentimens pieux que j'aime, j'affectionne.
Discrète, réservee envers tout son prochain,
Indulgente pour tous, le caractère humain,
Dieu avait dû créer pour le bien sur la terre
Mon excellente mère.

Les pauvres indigens, les êtres malheureux,
Souffrait bien de les voir dans l'état douloureux.
Voilà le dévouement d'une âme généreuse
Qui a su m'élever dans la foi religieuse,
Sagement, en chrétien, dans le droit, l'équité,
La justice, vertu, l'honorabilité
Qui m'ont aidé à vivre avec honneur, constance,
            Dans la foi, l'espérance.

Mère honnête, admirable, esprit judicieux,
J'aurai toujours en moi le souvenir précieux
De tous vos bons conseils pleins d'amour, de tendresse,
De nous avoir conduit, guidé notre jeunesse
Dans le bien, la croyance et la religion,
Ce qui est édifiant, la douce affection
De votre bien-aimé qui vous dit : Bonne mère,
            Croyez à ma prière.

IAMBES

———

Arbres, plantes et fleurs, qui vivez d'air en terre,
     Vous êtes radieux;
En vous développant, votre ombre salutaire
     Fait un bien précieux;
Votre aspect réjouit notre cœur, l'existence
     Se passe plus gaiement;
D'observer et de voir vos jets, votre croissance,
     On ressent l'agrément.
Heureux de posséder ce magnifique charme
     Séduisant, enchanteur,
De votre attraction qui rend joyeux, désarme,
     Panse les maux du cœur,
Vos odorans boutons, délicieux calices,
     Gracieux et divins,
Aux débuts ils nous font d'agréables délices
     Rares et superfins.

Nos jardins, nos bosquets sont ornés; notre vie
   Se déroule aisément,
Pleine de sensations, pour notre âme ravie,
   Joie et contentement.

Arbres majestueux, feuilles luxuriantes,
   Votre ombrage si frais
Nous convie au repos; vos pousses abondantes
   Vivent d'air et d'engrais;

Vous servez à calmer les douleurs, la souffrance,
   A soulager les maux
De l'homme, de la femme, allonger l'existence
   Même des animaux.

Plantes, aimables fleurs qui possédez l'arome
   Délectable, puissant,
A quelques pas de vous votre odeur nous embaume,
   Est doux, réjouissant;
Le matin d'un beau jour êtes une merveille,
   Par la fécondité;
Faites des rejetons d'une teinte vermeille,
   Vous donnez la gaîté.

Vos diverses couleurs se produisent sans cesse
   Avec soin, sous nos yeux

Vous germez, vous croissez, avec force et vitesse,
        Par vos jets somptueux,
Tendres et séduisans, de formes ravissantes.
            Votre brillant éclat
Nous étonne, répand des odeurs enivrantes,
            Un parfum délicat,
Grand, sublime, élevé, son pouvoir est immense
            Et si harmonieux ;
Il produit quelquefois la langueur, défaillance,
            L'état vertigineux.
O plants ! divines fleurs, attrayantes, superbes,
        Dans les prés, dans les champs
Qui vous multipliez au milieu de ces herbes
            Avec des airs touchans,
Pour germer et pousser à loisir et sans peines,
        Sans tracas et sans bruits,
Bien sujettes parfois aux misères humaines,
            Aux saccages fortuits !
C'est le sort qui échoit à toutes les espèces,
        Chaque jour, chaque instant,
De voir trancher la vie avec grandes rudesses,
            C'est un fait attristant.

L'homme manque d'égard pour ces fleurs si charmantes
      D'où naît une senteur

Pleine de sensations riches, éblouissantes,
      Qui s'empare du cœur,

Nous attire, saisit, vient placer dans notre âme
      L'attrait qui nous ravit

De plaisir, de bonheur, d'une très vive flamme,
      Nous ravive l'esprit.

Fleur! bien bel ornement, parure sur la terre,
      Radieuse en ce jour,

Pour nos yeux habitués de voir ce qu'on révère
      D'un admirable amour,

Je t'aime, te chéris d'une ardeur véritable;
      Ton duvet si soyeux.

J'adore à le toucher de façon profitable,
      Cela me rend joyeux

De posséder la vue agréable, attrayante,
      Trésor précieux, divin.

Petite fleur jolie, à nos yeux si brillante,
      Ton calice est si fin,

Présent du ciel, de Dieu. pleine de gentillesse,
      D'une grande douceur,

Tu sais nous faire heureux, nous remplir d'allégresse
      Et de ce vrai bonheur

Qui sait nous réjouir d'attraction précieuse,
      De la félicité ;

Notre espoir, notre attente, excellente, joyeuse,
      Toute d'aménité,

Dans cette vie obscure et parfois si funeste,
      Où le destin fâcheux

Vous fait couler des jours mauvais, que l'on déteste,
      Pénibles, malheureux.

IAMBES

O mer, quand je te vois, que j'observe à ma guise
   Tes flots si vigoureux,
Tu mines peu à peu nos digues, les épuise,
   Par tes chocs si nombreux.
On rebâtit souvent avec beaucoup de peine,
   De sommes, de trésors,
Et tu les démolis, ronges sans perdre haleine ;
   Malgré tous nos efforts,
Tu les romps aisément, tu cherches à les détruire,
   Les ruiner, briser,
Tu forces constamment d'élever, reconstruire
   De réorganiser.
Magnifique Océan, immense et grand abîme,
   Tu recèles en toi
La vigueur, la puissance indomptable, sublime,
   Quand tu produis l'effroi,

Déchaînes la tempête et ta fureur grandiose ;
        Tu grondes en courroux,
Tu terrorises l'homme et l'abats, et l'expose
        A périr de tes coups.

Majestueuses mers, profondes, formidables,
        Quand voudrez-vous cesser
Vos ravages, dégâts ; vos maux incalculables
        Viennent nous terrasser,
Au milieu de vos flots nous faire disparaître,
        Après avoir souffert,
Éprouvé des douleurs, forcés de se soumettre
        A vos sombres revers.

Le monde, quelque jour, doit finir sa carrière,
        Puisque tout passe, hélas !
Tout s'épuise, se clôt, disparaît sur la terre,
        Est sujet au trépas.
La science le dit, que tout se recompose,
        Et que rien ne périt,
Qu'il faut ajouter foi à la métempsychose,
        Ce qui fait qu'on revit,
Que rien ne doit finir, qu'on change, se transforme ;
        Je ne sais qu'en penser.

De l'attestation qui me paraît énorme
        Et vient m'embarrasser.

La matière aisément est facile, varie,
        Se prête à bien des faits,

Au besoin de construire, aux arts, à l'industrie,
        Et à tous nos souhaits.

Ta vue est imposante, ô mer prodigieuse,
        Quand tes flots agités,

La tempête se meut, la vague est orageuse,
        Fait les anxiétés,

Les malaises, douleurs, les tourments, les supplices,
        Les frissons, la terreur ;

Dans ce moment pénible, on craint les précipices,
        Le gouffre de hideur,

Où l'homme s'engloutit, termine l'existence
        Perd ses biens, ses vaisseaux,

Qui passent au néant sans aucune espérance,
        Confondus dans les flots.

Ton élément liquide est un grand cimetière,
        Plein de maux, de revers ;

Par moitié prend sa place, occupe notre terre
        Dans ce vaste univers.

Voyez, sages mortels, la loi mystérieuse
      Qui commande, régit
De notre humanité la vie industrieuse,
      Notre tête, l'esprit.
Dieu nous guide au sentier de vertu, de croyance,
      Au bonheur, à la foi,
Pour aimer le prochain avec douceur, constance ;
      Acceptons cette loi
Charitable, divine, aimable, affectueuse,
      Pleine d'aménité,
Infatigable au bien, parfaite, généreuse,
      Clémente avec bonté ;
De pouvoir obtenir avec délicatesse,
      Dans les âmes, les cœurs,
Ce charme, cet attrait, la joie et la tendresse,
      Grandes, riches faveurs.
Réfléchissez, amis, à ces douceurs affables,
      Aux pensers glorieux
Qui vous font des plaisirs séduisants, admirables,
      Rares et fructueux.
Ne craignez pas de faire effort et propagande
      Au bien consolateur,

L'enseigner, le montrer, afin qu'on le répande
　　　　Avec force vigueur.
Vous pourrez, satisfaits, en recueillir la gloire,
　　　　L'honneur, un grand éclat,
Et vous remporterez une belle victoire,
　　　　Sans guerre ni combat,
Pour arriver un jour au Rédempteur céleste,
　　　　Réjoui près de Dieu,
Dans l'immortalité où l'homme manifeste
　　　　Son désir et son vœu;
Delicieux séjour de cette foi divine
　　　　Qui vous rend bienheureux,
Où règne cet accord et la sainte doctrine
　　　　De l'homme glorieux.

IAMBES

———

Rocher, montagne abrupte et couronné de forts,
     Ton aspect m'en impose ;
Sentinelle avancée, en ce moment tu dors,
     Ta voix muette est close,
Ton repos, ton sommeil est bien doux pour Cherbourg,
     Heureuse, bonne ville ;
Ton rivage, ta mer te font un beau séjour,
     Tu vis calme, tranquille.
La guerre, les combats ont pour toi peu d'attraits ;
     Dans ton âme sensible,
Tu dois jouir d'avoir la consolante paix,
     Ton cœur inaccessible
Aux penchants criminels, pénibles, affligeans,
     Qui font souffrir le monde
De maux rudes, affreux, horribles, outrageans,
     D'une douleur profonde ;

Aux peuples, nations, de désolans chagrins,
      Excessifs, irritables,
Dans la famille en pleurs de pauvres orphelins
      Malheureux, misérables.
Des hommes c'est le sort, de notre humanité
      Ici-bas, sur la terre,
Et ce destin haineux, cette calamité
      Frappe comme un tonnerre
Le pays, la patrie, avec tout l'univers,
      Détruit les existences.
On éprouve, on ressent de terribles revers,
      De dures défaillances,
Sans pitié de ces coups ardens, pleins de fureur,
      De peines bien cruelles
Qui vous font l'effroyable, épouvantable horreur
      Des blessures mortelles.
Oublions ces fléaux, qui peuvent nous meurtrir,
      Faire ce qu'on déteste,
Tourmenter, torturer, comme un pauvre martyr,
      D'un mal triste, funeste.
Sachons nous réjouir, vivre contens, heureux,
      Dans ces belles prairies

Où l'on respire l'air, l'arome savoureux,
      Les violettes fleuries.

Tout près de ces coteaux plantureux et rians,
      Où règne l'abondance,

Où la terre produit tous ces fruits succulens
      Pour notre subsistance,

Cette mer, cette rade, où l'on est abrité
      Des ruines, dommages,

On ne redoute pas l'éventualité
      De ces affreux ravages.

Port si majestueux, merveilleux, surprenant,
      Prodigieux, durable,

Inexpugnable, exquis, redoutable, étonnant,
      Ravissant, admirable,

Peut faire respecter les hommes et les biens,
      Secourir notre France

En cas d'invasion, par ses puissans moyens
      Nous donner assistance.

Espérons de n'avoir qu'apaisement, repos,
      . De nous tenir tranquilles,

Dans la suite éviter des désastres nouveaux,
      Joyeux dans nos asiles,

Et nous livrer sans cesse à la joie, au bonheur,
   A la douce espérance,
A la tendresse, au bien constant, consolateur,
   Source de bienveillance.

Si Dieu qui nous conduit accorde protection
   Aux humains, dans ce monde,
Sa grâce, sa douceur, indulgence, affection,
   Que sa faveur abonde

Dans nos cœurs, le pardon et toute sa bonté
   A notre âme fautive,
Pour revenir vers lui dans l'immortalité,
   Douce prérogative.

Que la foi, la croyance ont institués pour nous,
   Pour celui qui est sage,
Honnête, vertueux, au caractère doux,
   Que rien ne décourage,

Sait subsister de peu, n'a pas d'ambition,
   D'exigence, d'envie,
Heureux de ce qu'il a sans ostentation,
   Sait embellir sa vie,

Voit s'écouler des jours agréables, sans bruit,
   Sans tracas, et sans peines;

Agit, se meut, va, vient où le ciel le conduit,
  Fuit les pesantes chaînes ;
Les gens perfides, faux, débauchés et trompeurs,
  Qui vivent de rapines,
Avides de plaisirs, sont prévaricateurs,
  Ne songent qu'aux ruines,
Dédaignent la sagesse avec la probité,
  Méprisent la droiture,
La prudence, vertu, les mœurs et l'équité,
  Sont vils, hors de nature.
Assez, me direz-vous, ce rude, âpre sujet
  Vient répugner notre âme ;
Racontez-nous plutôt quelque petit bluet,
  Un séduisant programme,
Pour charmer notre cœur, lui faire ressentir
  L'harmonie et la joie,
Tout ce qui doit et peut nous faire réjouir
  Dans une belle voie.
Détaillez-nous la vie et ces enchantemens
  Affectueux, aimables,
Qui peuvent nous offrir, donner des agrémens
  Rares, inexprimables,

9

Ineffables et doux, touchans, délicieux,
       Que tout le monde admire;
Les chants, la poésie, attraits mélodieux,
       Que je ne sais décrire,
Ce qui ravit, contente et comble nos désirs,
       Nous font un sort propice :
Le succès, la faveur, de doux, charmans plaisirs
       L'admirable délice,
Pour vivre satisfait, confiant et joyeux
       Dans la verte campagne,
Dispensé de soucis, de troubles ennuyeux,
       Auprès de sa compagne,
Respirant un air pur, l'oxygène puissant
       Qui alimente l'âme,
L'entretient, la nourrit, est très appétissant,
       La caresse, l'enflamme
De désirs chastes, purs, attrayans, vertueux,
       Font le bien manifeste
Des sentimens chrétiens sublimes, généreux,
       Pour le bonheur céleste.

IAMBES

———

La vie est bien pénible, affligeante sur terre,
      Attristante, et parfois
On fléchit, on succombe, abreuvé de misère
      De se voir aux abois,
Chargé d'un lourd fardeau, d'une pesante chaîne, ,
      Fatigante à porter ;
Elle accable de maux, d'une cruelle peine
      Qu'on ne peut éviter
Dans ce monde où l'on vit à rechercher la gloire,
      Le luxe, les honneurs,
La louange, l'éclat, un immense auditoire,
      La pompe, les splendeurs ;
La vanité vous guide à la magnificence,
      A la prospérité,
Au faste, à la richesse, une grande opulence,
      La somptuosité.

Combien ont du succès, à ce jeu! La fortune
        Aveugle n'y voit pas,
Distribue au hasard et sans faveur aucune
        Les biens; sans embarras,
Dispose des trésors tant adorés des hommes,
        Des peuples, nations,
Qui veulent en jouir dans les palais et chaumes,
        Ont tant d'attractions,
Convoités, adulés, vivent de flatterie;
        C'est là l'unique but,
L'intérêt excessif, le dieu de leur patrie,
        Des humains le salut.
Tout le monde aujourd'hui a cette convoitise
        D'aimer l'or et l'argent,
Qu'il adore d'amour, le cache en sa valise,
        Le rend très exigent;
Il en ressent l'effet, la puissance électrique,
        Le gagne, le ravit;
Une émanation immense, vivifique,
        Le transporte, saisit
D'un attrait merveilleux, magique, qui l'attire,
        Lui fait un sort joyeux,

Éprouver le plaisir durable qu'il admire,

      Le rend très orgueilleux.

C'est action très connue en ce jour et commune

      D'aimer ce beau métal,

De chérir, honorer, vénérer la fortune,

      L'excellent capital.

Chaque heure, chaque instant, l'homme en est très avare,

      Le désire ardemment,

Voudrait l'accaparer d'une façon bizarre,

      En avoir l'agrément,

Posséder à sa guise avec grande abondance,

      Ce sont tous les souhaits,

De ce monde égoïste et plein d'extravagance,

      De désordres mauvais ;

Il se livre de cœur, d'affection, finesse

      Aux intérêts, profits ;

Néglige son salut, avec ardeur s'empresse

      De fuir les déficits ;

Son travail, son labeur, sa triste intelligence

      Consiste à réunir,

Amasser, assembler avec persévérance

      Des biens pour en jouir.

Ces faits si désolants nous montrent l'avari ce
   Qui pétrit ce venin

Si détestable, immonde, impur, horrible vice
   Qui n'a jamais de fin ;

Il entasse, accumule et compte sa recette
   Pour remuer son or,

Cherche les coins obscurs, comme un anachorète,
   Pour cacher son trésor ;

Surveille bien l'endroit, le lieu où il le place,
   A des craintes, frayeurs,

Dort très peu ; l'imprévu l'agite, émeut, le glace,
   Redoute les voleurs,

Ceux qui font le métier frauduleux de soustraire,
   Les filous, les fripons,

Qui dérobent sans gêne, habitués à mal faire,
   Les escrocs et larrons,

Aptes à le dépouiller, le priver de sa caisse,
   Lui retirer son bien,

Ce qui fait son bonheur, produit une détresse
   Et ravit son soutien,

Son aide, sa ressource et ce qui le protège
   Dans son obscurité,

Dans cet abri si sombre où il vous tend le piège
        Avec avidité.

Maintenant il est rare, en notre riche France,
        Les hommes sont courtois,

Plus instruits, plus polis, ont plus de clairvoyance,
        Sont plus faux, plus narquois.

Le monde en général est vil ; son caractère
        Se dessine, est piquant,

Sujet à vous tromper, absolu, arbitraire,
        Abusif, trafiquant;

Bon pour lui à toute heure, a soin de sa personne,
        Présomptueux et vain;

Se croit supérieur dans tout ce qu'il ordonne,
        Est souvent âpre au gain;

Amour-propre, égoïsme, avec l'outrecuidance,
        Redoutable, choquant,

Mauvais, astucieux, ingrat, plein de défiance,
        Agit comme un croquant.

Dans la Société, il produit la misère
        Qui s'accroît peu à peu,

Fait un hideux progrès sur notre humble hémisphère,
        Si nous n'avons de Dieu

Le tout-puissant secours, sa divine clémence,

      Pour empêcher ce mal,

Nous panser, nous guérir, avec bonheur, confiance,

      Refaire le moral.

ODE

———

Infiniment petits, que sommes-nous sur terre,
Atomes exigus et débris de poussière?
Nous vivons chaque jour mornes, sombres, affligés,
De chagrins, de tourmens, et tout découragés;
Nous ne connaissons pas la loi mystérieuse
Qui régit l'univers; elle est harmonieuse.
Dirige l'homme autour de ce monde ici-bas
            Et fait tinter le glas;

Après avoir vécu, fourmi ou bien cigale,
L'heure sonne aux humains, triste, dure, fatale;
Tout fuit et disparaît, les hochets, les faveurs;
Tout cesse, tout finit, l'éclat et les honneurs.
Vous ne possédez plus les biens ni la fortune,
Tout se perd et se clôt, la haine, la rancune;
Ce qui est rude, affreux, peut produire le mal
            Et devenir fatal.

Quand on a le bonheur de vivre dans l'aisance,
Loin du bruit, du tracas, de passer l'existence
Dans le repos, le calme et de l'heureuse paix,
L'esprit modeste, exempt de ce qui est mauvais,
Confiant dans la foi, l'amitié, la sagesse,
Une douce affection, une grande tendresse
Pour infiltrer au cœur et dans l'âme ce bien,
　　　　　Notre appui, vrai soutien.

Faisons un peu d'effort, ayons le fier courage
De maintenir en nous le précieux avantage
Qui peut faire la vie honnête, sans passion.
Soulagés du fardeau pesant de l'affliction,
N'ayons pas cet orgueil, la vanité frivole,
De nous glorifier, de ceindre l'auréole
Qui ne serait que fausse et n'appartient qu'aux saints,
　　　　　Et jamais aux humains.

Nous sommes bien petits et faibles sur ce globe,
Débile vermisseau, simple, infime microbe,
Sans forces, sans crédit, sans puissance, vigueurs,
Dépourvus d'énergie, exposés aux douleurs,

Passons sur l'hémisphère aussi vite qu'un songe ;
Nous avons les défauts, le vice qui nous ronge,
Nous devrions tâcher de le faire périr,
　　　　Le détruire, abolir.

Quand on regarde en haut le firmament, l'espace,
On en est ébloui de voir tant de surface
Où l'Éternel régit la terre, l'univers,
Fait mouvoir à son gré tant de mondes divers.
Ces effets inconnus demeurent invisibles,
Mais la foi nous l'apprend ; ils ne sont pas tangibles,
L'esprit et la raison nous font le doux bonheur
　　　　D'y croire avec ardeur.

Ces planètes, que Dieu fait mouvoir à sa guise,
Dans un rang si parfait, d'une façon précise,
La science astronomique a cet heureux pouvoir
De découvrir ces faits, les observer, les voir :
Dans l'étendue immense, un ordre magnifique
Règne pour les saisons, et le soleil magique
Nous donne ces beaux fruits, cette douce chaleur,
　　　　Qui réjouit le cœur.

Notre esprit, confondu d'un si puissant système,

N'hésite pas à croire à un être suprème,

A nous faire apprécier ces sublimes grandeurs

Que Dieu nous distribue avec tant de faveurs,

Ayant créé, formé ces globes dans l'espace,

Les dirige, conduit, et rien ne l'embarrasse ;

Tout, dans la création, est beau, très ordonné

   Et bien perfectionné.

Ayons l'humilité, qu'elle soit notre guide,

Qu'en tous lieux, en tout temps, l'honnêteté préside ;

Soyons justes et droits envers notre prochain,

Et très affectueux à tout le genre humain :

Cela nous donnera une paix favorable,

A notre cœur, notre âme, un charme inexprimable

Pour vivre heureux, tranquille, et finir doucement

   Dans le bien, l'agrément.

Si, dans le calme, on peut voir finir sa carrière

Et quitter cette vie onéreuse, meurtrière,

Où l'on est exposé à des coups douloureux,

A souffrir, endurer des maux très dangereux,

Sans regret et sans peur, sans crainte, répugnance,

Sans haine, sans dégoût, aversion, dissidence,

On peut, doit arriver près de ces sombres bords

    Sans avoir de remords,

Prêts à passer la barque où Caron nous dirige

Dans le sentier pénible où l'on est sans prestige,

Où l'homme disparaît du monde, l'univers,

De la Société où l'on a les revers,

La tristesse, le deuil du trépas sur la terre

Très somptueusement recouvert d'une pierre,

Où, si le sort vous fait pauvre, nécessiteux,

    Vous mourrez malheureux,

Sans luxe, sans honneur, faste, magnificence,

Sans splendeur, pompe, éclat, sans aucune apparence

De luxe, mis en place au rang des besogneux,

De ceux qui ont souffert, que l'on nomme des gueux.

Ils gisent oubliés, privés de gratitude,

Délaissés, méprisés et sans mansuétude :

Ceci est déplorable, affligeant, désastreux,

    Pénible, rigoureux.

IAMBES

———

Crois-tu, mon cher, de pouvoir sur la terre
   Être joyeux,
Bien satisfait, d'aimer ce qu'on révère,
   Est généreux,
Sans ressentir le chagrin, la souffrance,
   Le triste ennui,
Et le dégoût de cette résistance
   Des maux d'autrui ?
Viens réfléchir aux écarts de ce monde
   Faux et trompeur ;
A chaque instant, il vous dupe, il vous fronde,
   Met dans l'erreur,
Fait endurer des douleurs affligeantes,
   Le désespoir
Pénible, dur, des peines aggravantes,
   Perdre l'espoir.

Veux-tu connaître et savoir dans la vie
Ce qui s'y fait,
Ce qui l'occupe, occasionne l'envie,
Est imparfait?
Écoute bien ce que je vais t'apprendre
Et t'expliquer,
Ce qui devra t'étonner, te surprendre
Et t'indiquer
Ce fait commun, qui toujours se pratique
Impunément,
Et s'accomplit d'une façon cynique,
Obstinément.
C'est le *mensonge* outrageant et nuisible
A supporter;
Chez l'honnête homme, il est incompatible,
Vient l'attrister,
Bouleverser nos lois, l'espèce humaine,
Le sens moral,
Et nous donner la lèpre, la gangrène.
L'horrible mal
Fait du progrès chaque jour, il augmente,
Est effrayant,

Désole, irrite et cause l'épouvante,
 Vient foudroyant.

Quand les chagrins nous ôtent l'espérance,
 Ce qui est beau,

Sincère et doux, rempli de bienveillance,
 Riche tableau,

On est privé de joie affectueuse,
 De ce qui plaît,

Peut satisfaire une âme vertueuse,
 Donner l'attrait.

Comprends-tu bien ce qui nous désespère,
 Est alarmant,

Attaque, brise un honneur qu'on vénère
 Aveuglément,

Peut rendre obscur, faire la décadence,
 Un sort fatal,

Nous retirer la douce confiance,
 L'état normal.

Craignons de voir ces jours mauvais, contraires,
 Fort attristans,

Faire à nos cœurs de poignantes misères,
 Maux irritans

Pour notre vie et nos âmes sensibles,
Les désoler,
Faire éprouver des douleurs si terribles,
Nous affoler.

Mensonge vil, atroce, condamnable,
Tu fais sans bruit
L'affreux tourment, inflexible, durable,
Qui nous poursuit.

Tu nous combats d'une manière haineuse
Pour nous saisir
De ton venin; ta voix artificieuse
Sait nous trahir.

Cesse au plus vite un hideux subterfuge,
Il me fait peur;
Depuis longtemps je te vois, je te juge,
J'ai la frayeur.

Quand je t'observe en ce moment propice,
Où tu agis
En te livrant à l'abject maléfice,
Sombre délit,
Astucieux, destructeur et funeste,
Très constamment

Livré au mal, à tout ce qu'on déteste
                        Énormément.
Pas de pitié ni de mansuétude,
                        Ni de douceur,
Tout ton système est dans la turpitude
                        Et la noirceur;
Fort malheureux est l'homme, je l'atteste,
                        Plein de respect
Et de pudeur, réservé, doux, modeste,
                        Bien circonspect,
Qui voudrait voir l'état doux, ineffable,
                        Et dans le cœur
Sensible et pur, consolant, favorable,
                        Le vrai bonheur.

ODE

———

.

Amusez-vous, jeunes gens, dans la vie,
Dansez, sautez, s'il vous en prend envie.
Un jour viendra, vous pourrez dire adieu
Aux vrais plaisirs pour voir le sombre lieu,
Rendre visite à Caron, dans sa barque,
      Et finir chez la Parque.

Ne craignez pas de vivre sur la terre
Dans la gaîté, qui contente, sait plaire,
Riant, aimable, aimant, affectueux,
Le cœur dispos, indépendant, joyeux,
Pour vous livrer à ces jeux agréables,
      Fuir les maux déplorables.

Jeunesse ardente et folâtre, envieuse,
Tu n'as pas soin d'être affable, gracieuse,

De modérer tes effluves d'amour ;
Tes sentiments sont légers tour à tour,
Réjouis-toi d'être sur cette terre
Où tout est éphémère.

Tout se produit chaque jour à la ronde,
Sans bruit, caché ; tout se passe en ce monde,
L'indifférence est un fait accepté
Et reconnue en notre Société,
Où l'on s'occupe à chaque instant de faire
Ce qui est arbitraire.

Sans précaution donne-toi l'exercice ;
Cet agréable et ravissant caprice
D'agir, mouvoir sans aucune façon
Au cercle, au club, comme un gentil garçon,
Produit l'effet admirable, superbe,
Et ne sois pas acerbe ;

Cherche toujours l'amusement solide,
Dans tes rapports que le bon sens préside
Pour égayer, charmer tous tes loisirs,
Et dans tes faits sans peines, déplaisirs,

Passe le temps à ce que l'existence
      Soit la réjouissance.

Tout enivré, ton esprit très volage
Ne pense pas au devoir d'être sage ;
L'âge viendra te faire réfléchir,
Ton cœur saura d'être prêt à mourir.
Tu pourras dire : ô Dieu plein de clémence,
      Donnez-moi l'assistance.

Je reconnais d'avoir, dans ma jeunesse,
Été pécheur ; je l'avoue et confesse.
En vérité, je fais le doux serment
De devenir sincère, pieux, aimant,
Chérir la foi, la vertu, l'espérance
      Et faire pénitence.

C'est bien cela, jeune homme, la morale
Que l'on appelle une loi primordiale.
Allez chercher les sentiers généreux
Très renommés, où les gens envieux
Ne veulent pas croire à la foi divine
      Où la sagesse incline.

On peut avoir le bonheur et la joie,
Une allégresse en cette belle voie :
Mais le jeune âge est dépourvu de sens;
Son cœur, son âme, ouverts, appétissans,
Sont satisfaits de ce libertinage :
           C'est là tout son ouvrage.

L'orgueil se place en son cerveau, sa tête ;
Il le domine, et sa passion secrète
Souffre de voir les ennuis chaque jour,
L'agitation dans son humble séjour ;
La vanité le poursuit et l'égare,
           Lui fait un sort bizarre.

Jeunes esprits, écartez ce programme
Injuste, faux ; votre état le réclame,
Vous en aurez riche contentement,
Joyeux plaisir, magnifique agrément,
Et vous verrez venir la sympathie
           Et fuir l'antipathie.

Pour satisfaire et donner l'avantage
A vos désirs, vos souhaits du jeune âge,

A vos succès merveilleux, enchanteurs,
Vous obtiendrez de bien douces faveurs.
Trop tôt, hélas ! arrive la vieillesse
    Produire de la baisse.

Hâtez ces jours savoureux pour vous faire
Heureux, contens ; tâchez de bien vous plaire,
De posséder un sort avantageux,
Doux, bienveillant, aimable, affectueux,
Pour voir finir, clore votre carrière
    A l'abri de l'ornière,

Et vivre en paix, calmes, dans la confiance
D'avoir passé votre modeste aisance
Dans le repos, tout plein d'aménité,
Pour le prochain, en cette charité,
Afin que Dieu vous exauce, pardonne,
    Vous chérisse, affectionne.

IAMBES

———

Dans ce monde égoïste, insensible et frivole,
      On vit péniblement ;
Chacun voudrait pouvoir exécuter son rôle,
      S'agiter vivement.
L'un s'excite, s'émeut, s'inquiète, tourmente
      A faire ce qu'il peut,
Afin de se donner une joie enivrante,
      Obtenir ce qu'il veut.
Ce système aujourd'hui est adopté par l'homme
      Avide en son désir,
Ses besoins, ses passions sous le toit, sous le chaume,
      D'où il sait accourir
Pour prendre jouissance aux plaisirs de la vie,
      De toutes les faveurs
Qui existent sur terre et peuvent faire envie,
      Attirer les honneurs.

Sérieux, occupé de ses biens, son aisance
      Pour s'accroître, arrondir ;
Faire son vrai bonheur, l'agréable existence
      Visant à réussir.

Il ne pense jamais d'adoucir la misère,
      A venir soulager,
Par une juste aumône, une souffrance amère ;
      Au soin d'encourager
Celui qui est tombé dans un état pénible,
      Dur, triste et douloureux,
Pour qu'il puisse chasser le sort répréhensible,
      Sombre, obscur, malheureux,
Obsédé, accablé souvent dans ce bas monde
      Où il ressent du mal,
Est chargé de chagrins, d'une douleur profonde,
      Au physique, au moral.

Cet égoïsme étroit se cache, dissimule,
      Vit seul très mécontent
Dans la tristesse et l'ombre, est méfiant, sans scrupule,
      Misérable, inconstant.
Plaignons-le quand il perd son bonheur, s'abandonne
      Au désordre, à l'excès,

Livre, abaisse son cœur : ce vice l'empoisonne,
        Le prive de bienfaits.

Tâchons de vivre heureux, posséder la clémence
        De Dieu, notre Sauveur,

La sagesse, la foi où s'y joint l'espérance
        En notre Rédempteur.

Nous pourrons obtenir ce calme si tranquille,
        Ce repos bienfaisant

Qu'on ne sait mériter dans ce temps difficile,
        Où tout est méprisant,

Où l'on craint de voir fuir le respect, la confiance,
        Droiture, honnêteté,

Pouvant faire le bien, la splendeur, la puissance
        De notre Société

Douce, aimable, polie, affable, affectueuse,
        Peu facile à régir;

Elle est d'humeur sensible, a l'âme aventureuse,
        Son esprit sait agir

Et soutient la vertu, protège la faiblesse,
        Généreuse souvent;

Ayant l'intégrité de la délicatesse,
        Le cœur très émouvant,

Dans toutes ses actions, fidélité, constance,
        Pleine d'humanité ;
Envers les indigens elle a de l'indulgence
        Et de l'urbanité,
Soulage l'infortune ; au pauvre, au misérable,
        Avec bonté, douceur,
Sait donner à propos l'obole secourable
        Pour calmer la douleur.
Ces bienfaits consolans lui font honneur et gloire,
        Un mérite précieux
De pouvoir remporter une belle victoire
        Par ces faits merveilleux.
Relever, secourir, apporter l'assistance
        Est un noble devoir
Pouvant faire la joie à toute l'existence,
        Le bonheur et l'espoir.
Celui qui n'ayant pas de moyen, de ressource.
        Ne peut donner, offrir,
Adoucir, alléger, ni délier sa bourse,
        Doit constamment gémir.
Si son cœur bien placé possède la tendresse,
        Qu'il soit bon, vertueux,

Humble, doux et modeste, ayant de la sagesse,
  Miséricordieux,
Il souffre de connaître un sort si lamentable,
  Dans l'extrême besoin ,
De le voir dépérir dans l'état pitoyable,
  D'en être le témoin.
Le destin accablant vient l'affliger sans cesse
  D'un mal si violent
Et lui faire un effet, un trouble qui l'oppresse,
  Destructif, désolant.
Ce pénible tableau, fatigant, déplorable,
  Est sa punition,
Sa peine, son chagrin chaque jour implacable,,
  Son humiliation.

IAMBES

—

De ce sentier obscur, dangereux, triste et sombre,
    Fuis, viens te recueillir
L'accablante douleur doit te produire une ombre
    Qui peut t'anéantir.
Dans cet abîme affreux, ces désolans ténèbres,
    Horribles et cruels,
Affligé, confondu par les affres funèbres
    De ses coups très mortels.
Vivre auprès d'un écueil si grand, si redoutable,
    Si dur, si rigoureux,
A notre humanité souvent défavorable,
    Fort désavantageux.
Fuis, dis-je, ce danger funeste, antipathique,
    Douloureux, affligeant,
Qui nous fait éprouver l'effet cataleptique,
    Malheureux, outrageant.

Si l'homme est doux, aimable, a le cœur très sensible,
　　　　Rempli d'aménité,
Honnête, vertueux, a l'âme incorruptible,
　　　　Beaucoup de charité,
S'attache à ses devoirs, possède la sagesse,
　　　　L'amour de son prochain,
Est probe, généreux, plein de delicatesse,
　　　　Bon, pur, droit, juste, humain,
Il sera très content de ce sort bien louable,
　　　　Chéri, considéré;
L'estime, la vertu lui seront favorable;
　　　　Il sera désiré,
Connaîtra le bonheur, cette belle constance,
　　　　Et l'affection de tous;
Les peines, les tourments n'auront pas préséance,
　　　　Seront absens, dissous.
Il pourra s'éloigner de l'affreux précipice,
　　　　Dur, âpre, injurieux,
Qui nous opprime et fait un violent supplice,
　　　　Sanglant, calamiteux.
Nous devrons espérer à la vie éternelle,
　　　　Tranquilles désormais

D'avoir pu acquérir cette gloire immortelle,

   Ces précieux bienfaits.

Quand le destin nous prend de sa serre puissante,

   Tenaille notre cœur

Et nous fait ressentir l'effroi qui nous tourmente,

   Nous brise de douleur;

C'est Dieu qui nous connaît, nous conduit, nous éprouve

   De son bras, de sa main

Nous gouverne, ici-bas, nous aime ou nous réprouve,

   Nous juge en souverain.

Quand vient le désespoir, cette épreuve terrible,

   Cet état alarmant

Qu'on ne peut éviter; ce coup dur, inflexible

   Vous abat rudement.

L'horrible destinée, atroce, injurieuse

   L'accompagne à la mort

Pour terminer ses jours, cette heure ténébreuse,

   Dans un dernier transport.

Est-ce là, ô mon Dieu, cette fin sur la terre

   De vivre pour souffrir,

De supporter ces chocs, finir, sous une pierre

   Aller s'ensevelir ?

Toutes ces cruautés qui assiègent le monde,
          Le blessent quelquefois,
Produisent tant de maux, une peine profonde,
          Le mettent aux abois.

Tandis qu'aux doux plaisirs la noblesse, les castes
          Coulent des jours parfaits,
Dans l'opulent repos de ces palais si vastes,
          Gais, contens, satisfaits,

Se livrent dans le luxe et l'éclat de leurs fêtes
          Voluptueusement,
Dans ces repas coûteux, entourés d'étiquettes,
          De divertissement;

Frivoles, vains, légers, agiles, font bombance,
          Reçoivent les honneurs;
Font naître cette pompe et la magnificence
          Au milieu des grandeurs.

Ils subissent la loi qui fait sur cette terre
          Le riche, l'indigent;
Reçoivent, étonnés, l'aisance ou la misère,
          Un état divergent.

Voilà ce que produit une grande opulence,
          La gêne, le besoin,

Rend l'homme misérable ou lui fait l'abondance,
            Est le triste témoin

De ses maux, ses douleurs, peut troubler son courage,
            L'agiter, l'émouvoir,

Le faire malheureux, par un sombre naufrage
            Perdre tout son espoir.

Ce sujet attristant afflige, est de nature
            Plein de calamité,

Vous porte à réfléchir à l'affreuse torture,
            A cette anxiété

Que l'on doit éprouver quand on est doux, affable,
            Délicat, vertueux,

D'un sentiment exquis, naturel, charitable,
            Aimant, affectueux.

ODE SUR LE MARIAGE

Une mère à sa fille un jour lui racontait
Que dans le mariage on n'était pas parfait;
Qu'un époux trop souvent était sans expérience;
Qu'il ne connaissait pas les devoirs de constance,
Si les parens n'avaient, par une sage loi,
L'habitude d'instruire et connaître sa foi,
S'informer s'il avait dans tout son caractère
   La douceur qu'on révère.

L'homme est léger, volage aujourd'hui méprisant,
Personnel, égoïste, avec l'air suffisant;
Quand il s'est bien repu de ce plaisir frivole,
Objet de ses désirs, il a cette gloriole
De quitter son foyer, sa femme, son bonheur
Pour se livrer au mal, au vice corrupteur
Qui sait mettre un obstacle au seuil de cette vie,
   Tout de honte, d'envie.

Quand ce temps est passé de la lune de miel,

Ces sublimes rayons qui vous portent au ciel;

Quand se sont écoulés ces momens, sur la terre,

Si puissans, si joyeux, chose courte, éphémère;

Et quand l'indifférence arrive près de vous

Prendre son domicile entre les deux époux,

Vous ressentez un poids terrible, inexorable,

Irritant, détestable.

Il n'y a plus l'amour qui vous faisait chérir,

Cette heureuse amitié qui sait vous attendrir,

Ni ce beau sentiment d'affable prévenance

Que l'homme doit avoir en toute circonstance,

Quand il est doux, aimable avec grâce et bonté,

Sensible, juste et bon, modèle d'équité,

Pour jouir de ce bien favorable, propice,

Dépouillé d'artifice.

Quand cet enchantement s'est éloigné de vous,

Que les rapports ont lieu dans le sens aigre-doux,

Qu'il n'y a plus de paix ni de calme au ménage,

Ni de tranquillité : c'est un mauvais présage,

Qui peut dans l'avenir produire de grands maux,

De n'avoir pas à temps corrigé ses défauts ;

Il sera conspué, de son sort misérable,

      Triste, affligé, coupable.

S'il n'a pas le pouvoir de fuir, de se garer

De ses entraînemens, s'affranchir, délivrer ;

Qu'il persiste toujours dans cette action perverse ;

Qu'il soit honni de tous, faisant tout à l'inverse,

Il finira sa vie, abreuvé de chagrin :

La honte, désespoir placés sur son chemin,

Le feront bien souffrir, sans pouvoir se soustraire

      A la douleur amère.

Si la prudence était le gage de faveur

De tout homme de bien possédant un grand cœur,

Il vivrait satisfait d'une douce harmonie,

Plein d'amour, glorieux en belle compagnie,

A l'abri de ces coups funestes et cruels

Qui viennent affliger des êtres criminels,

Bienheureux d'un repos plein de douceurs, tendresses

      Et d'heureuses promesses.

Les maris autrefois étaient affectueux,
Ils avaient pour principe un devoir vertueux,
Leur guide, la pudeur; remplis de déférence,
Ils avaient constamment une grande confiance
Pour tout ce qui était honnêteté, candeur,
Et le pouvoir de faire un sujet de bonheur,
Modestes, bienveillans, d'une sagesse aimable,
Humaine, respectable.

Le culte de la femme était un grand honneur ;
C'était à qui serait le plus admirateur.
On avait des égards, de la délicatesse,
Droiture, probité, beaucoup de politesse;
On l'entourait de soins, d'attention, de cadeaux,
Caresses, affections, magnifiques joyaux,
Pour obtenir l'accord, un regard, un sourire :
Cela devait suffire.

Reines de nos salons, séduisaient tous les cœurs ;
A plaire, contenter, obtenir les faveurs;
Nous étions empressés, dévoués auprès d'elles,
Au moindre mouvement de ces charmantes belles.

Un ordre suffisait, au gré de leurs désirs,
Pour tâcher d'inspirer quelques nouveaux plaisirs.
Nous étions attachés à cette douce chaîne,
   Qui nous ravit, enchaîne.

Ce temps est loin de nous ! L'homme n'est pas heureux;
Il baisse chaque jour, devient irreligieux ;
Il n'a plus cette foi, cet esprit de vaillance
Qui le faisait chérir avec magnificence,
Ces joyeux entretiens remplis de dignité.
De grâce, de douceur, si pleins d'aménité ;
Tout a fui de ce monde outré, faux, égoïste,
   Trompeur, machiavéliste.

Quand vous voudrez revoir ces jours délicieux,
Ces momens disparus. si beaux, si merveilleux,
Il faudra remonter dans l'aristocratie,
L'ancienne société de la chevalerie.
Où tout ce qui est grand trouve encore aujourd'hui
La beauté, l'élégance et l'honneur et l'appui ;
C'est de là que découle, au sein de notre France,
   Toute notre espérance.

ODE A LA SAGESSE

En Grèce, en Italie, aux âges fastueux,
Les peuples s'enivraient de ces plaisirs fougueux
Qui font la décadence, amoindrissent l'histoire,
Prêts à diminuer le fruit de leur victoire ;
Il y eut, dans ce temps, des hommes pleins de cœur,
Pour dire avec courage et sagesse, douceur,
D'une éloquente voix, simple, avec assurance :
       Craignez la défaillance.

L'antiquité nous fit des chefs-d'œuvre charmants,
Il copia la nature avec tant d'ornements,
Nous donna cette gloire élégante et si pure,
Dont le doux souvenir rappelle la figure,
Parmi tant de héros, conquérans, dictateurs,
Illustres et savans, dans les combats vainqueurs,
Qui ne purent donner cette aimable sagesse,
       Ce qui fait l'allégresse.

Siècle de Périclès, frises du Parthénon,
Sages de cette Grèce où vécurent Solon
Et Thalès, et Bias, de si sage mémoire ;
Ils eurent des vertus consignés dans l'histoire,
Le premier nous donna des marques de savoir
D'un si vaste génie, honoré du pouvoir,
Quand il en descendit, le peuple, plein d'ivresse,
   Le fit dieu de la Grèce.

Hommes qui éprouvez, dans ce vaste univers,
De grandes déceptions, abus et maux divers,
Votre vive lumière, en éclairant le monde,
Par les arts, la sculpture, une science féconde,
Pourquoi dégénérer, après avoir vécu
Dans l'éclat, les grandeurs et longtemps invaincus ?
Faut-il vous l'avouer, sans honte ni faiblesse :
   Vous manquez de sagesse.

La sagesse nous fait affables, vertueux,
Fait aimer son semblable et le rend généreux,
Chaque jour dans la vie, avec calme, prudence,
Il surveille et protège, est une Providence ;

Avec quelle bonté il est le bienfaiteur,

Et sait être pour tous bon, si consolateur,

Atténuer la faute en portant dans leur âme

      La pure et chaste flamme.

Si Dieu que l'on implore, on invoque souvent,

Veut punir, abaisser le monde en l'éprouvant

Et donner les ennuis, les chagrins, la tristesse

A ceux qui n'auront pas la vertu, la sagesse,

Cette philosophie humble de tous les cœurs

Aide à bien supporter les plus grandes douleurs,

S'ils n'ont pas ses bienfaits au cours de l'existence,

      Vivront en dissidence.

Si parfois la sagesse ouvre son champ joyeux,

Admis à cultiver ce terrain glorieux,

Vous en ressentirez une joie infinie ;

Sages, vous pourrez vivre en l'heureuse harmonie,

Vous coulerez des jours sereins, mélodieux,

Et pourront vous donner des rêves délicieux ;

Quand on vous couchera mort dessous cette terre,

      Qu'elle vous soit légère !

Vous pourrez célébrer ce fait juste, important,
Que Dieu aime celui qui est très repentant,
Sait avoir une foi vigoureuse, sincère,
Respecte son prochain, soulage la misère ;
Voilà les conditions pour rendre affectueux,
Faire par la sagesse autant de bienheureux.
Ils seront honorés d'avoir eu le courage
        D'être prudent et sage.

Celui qui n'aura pas parcouru ce chemin,
Aura pu négliger le précepte divin
De vivre sans penser, habitué de rien faire,
Oubliant son devoir, un avis salutaire,
S'écartant du sentier doux et harmonieux,
Méprisant les petits et tous les malheureux,
Ne possèdera pas cette heureuse sagesse,
        Sera dans la détresse.

Tâchons de le tirer de l'infortuné sort,
De pouvoir obtenir, par un suprême effort,
Qu'il veuille revenir au bien, la confiance,
A l'aimable douceur qui donne l'espérance

A ceux qu'un repentir rappelle tendrement
Vers ce Dieu de sagesse ; éloignés un moment,
Ils seront satisfaits d'avoir cet avantage,
D'être estimés du sage.

Ils jouiront en paix dans un calme profond,
Ils auront un plaisir magnifique, fécond,
Chaque jour, chaque instant, où le ciel nous convie
A l'état favorable, à la nouvelle vie ;
Quand viendra ce moment où il faudra mourir,
Rendre son âme à Dieu et son dernier soupir,
S'en aller vers celui qui dicte la sagesse,
Protège notre espèce.

Quand paraîtra ce jour si triste, si fâcheux,
Ou l'on éprouvera cet effort douloureux
De voir finir sa tâche obscure dans ce monde,
Ou tout fuit, disparaît, se dérobe à la ronde,
Nous verrons après nous poindre l'éternité,
Avoir le doux repos et l'immortalité,
Si nous avons la foi, la divine sagesse,
Sans aucune faiblesse.

ODE SUR LA MORT

O mort! dans ton suaire implacable, éternelle,
Tu frappes tous les jours en aveugle, cruelle,
Sépares les enfans de ces mères en pleurs,
Jettes le désespoir, de pénibles douleurs
Au sein d'une famille au cœur doux et sensible,
Par tes coups imprévus, calme, sombre, impassible,
Et tu n'écoutes pas les cris d'hommes souffrans,
   Douloureux et mourans.

Tu brises sans pitié de grandes existences,
Rompant ce fil précieux, toutes leurs espérances;
Au milieu des travaux, par un terrible effroi,
Tu viens leur imposer ta redoutable loi,
Portant l'affreuse mort par ta faulx inflexible
Aux jeunes et aux vieux; tu es inaccessible,
Tu n'a jamais de trêve, ô toi! sinistre mort!
   Tu mets au sombre bord.

Confondus au néant dans le fond des abîmes,
Dans ces vastes charniers tu places tes victimes,
Tu ne ménages pas le riche en son palais,
Ni la gloire, l'honneur, ni les bons, les mauvais.
Le pauvre. l'indigent subissent tes caprices,
Voient finir leurs chagrins, jetés aux précipices ;
Les enfans, les vieillards, tout, dans la création,
Est ta contribution;

Sont soumis au tribut, couchés dans la vallée
Ou Dieu viendra juger, dans la grande assemblée,
Ceux qui ont eu la foi, sages, respectueux,
Honnêtes, réservés, prudens, affectueux,
Ont écoulé leur temps, ici-bas, sur la terre,
D'assister, secourir l'homme dans la misère :
Ceux-là seront choisis, rangés sans nul détour
Au bienheureux séjour.

Ils jouiront en paix, heureux de cette gloire,
De l'estime d'En-Haut, grande et consolatoire
D'avoir su mériter ce repos éternel;
Ils auront le bonheur tranquille dans le ciel,

Environnés de joie extrême, délicieuse,
Où l'âme se repaît, ineffable, gracieuse,
Dans un état prospère, excellent, merveilleux,
            Divin, majestueux.

Pourquoi viens-tu frapper, supprimer la carrière
De l'homme remplissant sa tâche régulière,
Soutenant sa famille, affable, vertueux,
Vivant de son travail, probe, laborieux,
Occupé du devoir, de diriger, conduire
Au bien tous ses enfans, de pouvoir les instruire,
Protéger leurs débuts dans ce monde pervers,
            Au milieu des revers ?

Tu négliges souvent ces âmes ténébreuses
Ne faisant que le mal, terribles, désastreuses,
Vrais suppôts de l'enfer, rebuts des sociétés,
Se vautrant dans le vice et les atrocités,
N'ayant ni foi ni loi, vils, faux et méprisables,
Honnis et conspués, aux procédés coupables,
Habitués au désordre, à ces déchaînemens
            Pleins d'abrutissemens.

Tu ménages la tourbe indocile, funeste,
Fléau d'humanité que le monde déteste ;
Tu te caches dans l'ombre et produis un effet
Triste, affligeant, cruel comme un coup de stylet ;
Tu ris des malheureux, dure, affreuse mégère ;
Pour troubler nos esprits, constituer la misère,
Les siècles à venir n'auront pas la faveur

De clore ce malheur.

Le hasard qui prépare et conduit tes caprices,
Renverse, vient détruire avec tant d'injustices,
Devrait bien quelquefois avoir la compassion
Ce devoir de pitié, commisération,
Pour aider, secourir, assister le courage
De tout individu fort, honorable, sage,
Avantageux, utile à servir son prochain,

De ce qu'il a besoin.

O mort ! terrible mort ! sois donc compatissante,
Conserve, si tu peux, garde ton épouvante,
Éloigne de ta faulx celui qui pense bien,
Quand il est doux, soumis, des faibles le soutien,

Qu'il ressent le bonheur, a le désir de plaire.

Retarde, si tu peux, ce quart d'heure arbitraire,

Ce terrible moment, plein de perplexités,

>Tourmens, anxiétés.

Tâche de corriger de tes coups la violence,

Prolonger, augmenter la fragile existence

De ceux qui sont parfaits, les dignes protecteurs

De tous les malheureux, sincères bienfaiteurs.

Si tu pouvais avoir cette immense justice,

Faire ce formidable, émouvant sacrifice,

Tu ferais une joie, une félicité

>A notre humanité.

Le monde n'aurait pas cette peur, cette crainte

De se voir chaque jour saisi par ton étreinte ;

Le juste de pouvoir sans peine se livrer,

Sans effort, sans obstacle, accroître, améliorer

Le sort bien outrageant, fatal et téméraire,

De tant d'infortunés manquant du nécessaire.

Si le ciel permettait l'heureux événement,

>Quel beau ravissement !

ODE SUR LA GUERRE

Affreuse guerre, implacable, aujourd'hui
Tu fais souffrir ; ton règne est sans appui ;
Dans l'univers, le monde te déteste.
Tous tes exploits font un mal bien funeste ;
Tu mets le deuil dans les cœurs généreux,
Tu viens frapper des coups très douloureux,
Faire le vide aux champs et dans les villes,
      Ne laisse pas tranquilles.

La mort arrive et nous massacre tous
Par les combats ; avec un soin jaloux,
Jeunes et vieux, par le fer tout succombe ;
Femmes, enfans descendent dans la tombe.
Les biens aussi sont souvent ravagés
Et la souffrance aux hommes affligés.
Voilà le sort malheureux de la vie
      Que nul être n'envie.

L'humanité souffre de voir ces faits,
Ces conquérans ennemis de la paix,
Prêts à combattre, à se couvrir de gloire
Et remporter une grande victoire;
Gonflés d'orgueil, au milieu de leurs camps,
De leurs soldats ils respirent l'encens,
Tous enivrés du bruit de la mitraille
D'une grande bataille.

N'est-ce pas triste à voir tous ces mourans
Jeter des cris douloureux, déchirans !
Blessés, couchés, ils mordent la poussière,
Ont clos, fini leur pénible carrière
Sans avoir pu vivre dans le repos,
Ni prospérer à l'abri des fléaux,
Faire le bien, posséder l'espérance,
Soulager l'indigence.

Quand tous, meurtris, se montrent, se font voir,
Dans leur pays peignent leur désespoir,
Découragés, quêtent la bienveillance,
En demandant de la reconnaissance

Pour le service utile, courageux,
A la patrie, dans les jours désastreux,
D'où ils en ont rapporté les blessures
    Et subi les tortures.

C'est le destin fait à nos serviteurs,
Qui ont donné leur sang et leur vigueur
Pour restaurer, faire l'indépendance
A la nation en péril, en souffrance,
Au nom du droit, de la saine raison ;
Et bien souvent ce fut la déraison
Qui eut le gain dans l'action de se battre
    De façon opiniâtre.

Guerre fatale au monde, à l'univers,
Comment peux-tu savoir ce que tu perds ;
Quand tu détruis tant d'hommes sur la terre
Et que tu fais tant de mal, de misère ?
Je voudrais bien pouvoir te supprimer ;
Les gens sensés ne doivent pas t'aimer,
Désireraient te faire disparaître
    Pour avoir le bien-être !

J'appelle crime, attentat furieux,
De se tuer par des coups très affreux.
C'est un forfait cruel, plein de tristesse,
Un grand malheur qui produit la détresse,
Porte le trouble aux cœurs du genre humain,
Et la terreur, la mort à son prochain.
Je dis au ciel : donnez-nous l'assistance,
Votre douce clémence ;

Apportez-nous la bienheureuse paix,
Ces généreux et très rares bienfaits.
Affreuse guerre, atroce, inexorable,
Ton action est horrible, effroyable,
Et si mes vœux, ma vive charité
Peuvent offrir à notre humanité
Le vrai bonheur, faites-nous au plus vite
L'heureuse réussite.

Il serait bon de penser que le ciel,
Voulant donner un soin tout paternel,
Diminuer peu à peu la discorde
Et rétablir cette douce concorde,

En supprimant ces combats dangereux,
Fasse cesser cet état désastreux
Pour que l'on soit content, joyeux, affable,
 Gracieux, équitable.

O guerre impie! A ton aspect mon cœur
S'indigne, éprouve une énorme douleur,
Excite en moi ces dégoûts légitimes;
Tous mes désirs sont d'éviter ces crimes,
Tous ces exploits sinistres, désolans,
Très rigoureux, âpres, rudes, sanglans;
La mort pour toi est la seule industrie
 Et ton lot, la tuerie.

Tu vois tomber les blessés, les mourans,
Entends les cris excessifs, déchirans
Et l'épouvante horrible, la souffrance,
Qui met la fin à toute l'existence.
Cette douleur vient, nous saisit d'effroi.
Vous succombez pour la nation, la loi;
Désespérés, sans secours, sans défense,
 Vous mourez pour la France.

IAMBES

———

Destin, vous confondez les choses de ce monde
  En nous désespérant.
Chaque jour aux humains vous faites à la ronde
  Un mal intolérant.
Vous frappez, accablez la Société, sur terre.
  De vos funestes coups,
Produisez, apportez une terrible guerre,
  Le désespoir pour tous.
L'homme ne peut savoir le sort qui se prépare
  Dans tout son avenir,
Ressent subitement la douleur et s'empare
  Du corps, le fait souffrir
D'effroyables tourmens, d'horribles défaillances
  A rompre son cerveau,
Qui viennent l'affaisser, produire des souffrances,
  Un effrayant tableau.

La sagesse nous dit de supporter l'orage
　　　　Avec de la douceur,

D'avoir, montrer la force, employer le courage,
　　　　D'accepter de tout cœur

Ces maux si douloureux, étranges pour notre âme,
　　　　Qui peuvent l'affliger,

Lui faire ressentir ce désastreux programme,
　　　　Très dur, plein de danger.

Si Dieu vient protéger nos jours tristes et sombres,
　　　　Adoucir, consoler,

Par son puissant pouvoir daigne chasser les ombres,
　　　　Ne pas nous désoler

De peines, de chagrins qui brisent l'existence,
　　　　Viennent rompre la paix,

Ce repos, ce bonheur, cette douce espérance,
　　　　Ces magiques bienfaits ;

S'il s'approche de nous pour orner de sa gloire
　　　　Notre heureux repentir,

Nous admettre au bercail, faire un sort méritoire
　　　　Pour y vivre, mourir ;

Dans l'union, la concorde admirable, féconde,
　　　　Réconcilier son cœur,

Confier l'âme au ciel, à la grâce où abonde
　　　La divine faveur,
Croyez bien que la vie aura la récompense
　　　De notre contrition
Des fautes du pécheur envers Dieu, sa puissance
　　　De notre belle action.

Fuir les vices, défauts, être doux et sincère,
　　　Sensible, sérieux,
Que nous ayons la foi, la vertu qu'on révère,
　　　Nous serons glorieux.
Respectés, honorés de ces hommes si sages,
　　　Modérés et prudens,
Esprits judicieux, nous aurons leurs suffrages
　　　Justes et abondans.

Nous pourrons accomplir nos vœux, nous satisfaire
　　　Avec douceur, bonté,
Au plus parfait accord, généreux, salutaire,
　　　Plein de félicité.
Ce trésor ravissant, que l'on obtient sans peine,
　　　Est si affectueux,
Agréable à l'esprit, doux, suave, homogène,
　　　Humble, respectueux.

Vient offrir et livrer au cœur, avec constance,
       Ce bien consolateur
Qu'un bon chrétien chérit avec reconnaissance,
       Adore avec ardeur.
Si vous ne pouvez fuir, éviter cette atteinte
       De ce sombre destin
Venant vous attaquer, appréhender sans crainte,
       Vous faire du chagrin,
Sans pitié vous punir d'une rude secousse,
       Bien dure à supporter,
Redoutable parfois, vous frappe, vous repousse,
       Vient pour vous tourmenter ;
Fuyez son implacable et douloureux supplice,
       Fatal, calamiteux,
Il opère, il agit avec tant d'artifice,
       Violent, ténébreux,
Remue, ébranle, inquiète, attriste, affaisse l'âme,
       La rebute souvent,
Fait un désordre affreux, finissant par un drame
       Effroyable, émouvant.
Son action fait sur vous des maux incalculables,
       Irritans, rigoureux,

Injustes et cruels, ardens, intolérables,
>   Apres, vertigineux.
Souffrir est là le lot échéant dans la vie
>   A l'homme en général,
S'il sait se diriger où le ciel le convie
>   Dans l'ordre, état moral,
Dans le calme, repos satisfaisant, tranquille,
>   Affable, vertueux,
La raison la sagesse en son modeste asile
>   Seront victorieux,
De se voir entouré d'honneur et d'allégresse,
>   D'enchantemens si doux,
Pour voir finir ses jours et clore sa vieillesse,
>   Bienheureux d'être absous.

IAMBES

Entends ma voix, ami, elle adoucit, console
    Le cœur du malheureux,
Le pauvre au désespoir qui souffre, se désole,
    As l'esprit ténébreux.
Pour vivre dans la paix, le calme, la sagesse,
    Agir en bon chrétien,
Et suivre le conseil, l'avis plein de justesse,
    Du Sauveur, vrai soutien,
Il faut le repentir, le regret très sincère,
    Le respect de la loi,
Une grande indulgence, un très bon caractère
    Et posséder la foi.
Écoute la morale unique et glorieuse,
    Reviens avec ardeur
A ces doux sentimens d'une âme affectueuse,
    D'où éclot le bonheur.

Apprends avec courage, une attention suivie,
          A honorer ton Dieu,
Monter honnêtement le fleuve de la vie
          Pour exaucer ton vœu.

Le ciel t'y aidera de toute sa puissance,
          Son pouvoir est si grand !
Pour t'offrir, assurer toute son assistance,
          Un secours abondant.

Quand l'homme est repenti, que le Sauveur pardonne
          Les fautes, les erreurs,
Les péchés de jeunesse où il vit, se passionne
          A faire des noirceurs,

Qu'il cesse la debauche et la supercherie,
          Un état outrageant,
Qu'il veuille se résoudre à fuir le mal, qu'il prie
          Et devienne obligeant.

Dieu lui en tiendra compte, aura de la clémence,
          Soulagera son cœur,
Lui donnera le ciel, la grande récompense,
          Cette belle faveur.

Après l'avoir comblé de sa bonté, sa grâce,
          Ses fructueux bienfaits,

Il aura le bonheur, vertueux, efficace,
            D'accomplir ses souhaits.

Ses désirs et ses vœux satisferont son âme,
            Il aura le plaisir

De ressentir l'effet d'une divine flamme
            Qui saura le ravir.

Touché de ces précieux sentimens, que révère
            Le cœur religieux,

Aimant Dieu, son prochain, est sage, droit, sincère,
            Humble, respectueux,

Résolu, persistant à déclarer et croire
            A la pure vertu,

A cette impulsion riche et consolatoire.
            Ayant bien combattu,

Il demeure vainqueur aujourd'hui de ces vices,
            Dangereux, accablans,

L'ayant fait bien souffrir, produit tant d'injustices,
            De maux si désolans.

Sois content, bienheureux, calme dans ta retraite,
            Finis tes jours en paix,

Sans bruit, dans le repos, comme un anachorète,
            Tranquille désormais.

Sans passion, sans regret des choses de la vie,
                Mets l'oubli dans ton cœur,
Fuis les plaisirs du monde et n'en aie plus envie,
                Ce sera ton bonheur.

Après avoir passé des heures si pénibles,
                Rudes à supporter,
Ton cerveau, ton esprit, faibles et si sensibles
                N'ont pu que s'attrister
De soucis, de tracas, de chagrins et de peines
                Qui naissent chaque instant.
Elles étaient pour toi funestes, inhumaines,
                Te rendaient mécontent.

Reconnais ce pouvoir du ciel invariable,
                Ayant soin du pécheur
Soumis et repentant, lui devient favorable,
                Est doux, consolateur.

Rappelle-toi toujours ce dévouement sublime
                Qu'offre la religion,
Quand elle nous reçoit d'une manière intime,
                Orne, embellit l'union.

Ah ! ces jours ravissans où notre cœur fidèle,
                Lié sincèrement,

D'une forte amitié, d'affection fraternelle,

      D'un grand attachement,

Sont venus, nous ont fait l'impression affable

      Si pleine de candeur,

Une félicité bienveillante, ineffable,

      Une immense douceur.

J'en éprouve, en ressens une ardeur légitime,

      Un charme délicieux,

Qui vient me réjouir d'avoir acquis l'estime,

      Un sort affectueux.

Je rends grâces au ciel de l'aide qu'il me donne,

      Du secours tout puissant,

Et promets de rester, afin qu'il me pardonne,

      Doux et reconnaissant.

ODE SUR L'ÉGOISME

Au fond d'un bois isolé, solitaire,
L'esprit en paix, dans un profond mystère,
Je réfléchis sur les vices du jour,
Sur l'égoïsme essayant tour à tour
De s'introduire au foyer domestique,
Produire un mal dangereux, énergique,
Où l'on gémit de voir ces tristes faits
　　　Si durs et si mauvais.

L'impression fatale, douloureuse
Que j'en ressens, peut être désastreuse.
Faire souffrir, me tourmenter le cœur
Et m'accabler d'une grande douleur,
A le pouvoir de faire à l'existence
Un sort funeste, un désespoir immense,
Et torturer la faible humanité
　　　De cette iniquité.

Ces sentimens sont éclos dans mon âme,
Ont fait surgir un désolant programme
Qui vient flétrir le monde, l'être humain,
Saper la foi, produire le déclin
Des nations, corrompre notre espèce
En amenant une horrible détresse,
Un grand danger à l'homme vertueux,
      Sensible, affectueux.

Si dans la vie, aussi courte que dure,
On n'a pas soin de fuir toute souillure.
Que l'on succombe aux rudes coups du sort,-
En dédaignant de faire un peu d'effort
Pour remporter une belle victoire
Et mériter cette paisible gloire
De se tirer de ce pas épineux,
      Ce péril douloureux,

Croyez, mortels, au conseil salutaire
D'un tendre ami qui vit très solitaire
Et voudrait voir pour notre Société
Le vrai bonheur et la félicité ;

Content, heureux sur la terre, le globe,
Intègre, pur, doux, bienfaisant et probe,
Exempt de trouble et d'animosité,
    Vivre dans l'équité.

Pourrez-vous vaincre un sort aussi funeste,
Où la vertu, la droiture proteste ?
Il gagne et prend chaque jour du terrain,
Fait bien du mal, corrompt le genre humain,
Dans l'univers fait de nombreux ravages,
Détruit l'honneur, l'accord dans les ménages,
Creuse sans cesse un gouffre si profond
    Où le bien se confond.

Je vous engage à devenir affable,
A faire, amis, ce qui est favorable
A Dieu, au ciel, à la divine foi ;
Et vous résoudre à respecter la loi
Pour arriver à la vie éternelle,
Être ravi d'avoir été fidèle,
Consciencieux, dévoué, cœur aimant
    Bien fraternellement.

Si vous avez la croyance sincère
Qui doit donner le bonheur sur la terre.
Que vous soyez honnête, sage et pur,
Vous obtiendrez suffrage, appui, c'est sûr.
La paix, le calme et toute la clémence
Du Tout-Puissant, la belle récompense ;
Vous jouirez tranquille assurément
  De charme, d'agrément ;

Soulagerez l'humanité souffrante
De l'indigent qui peine, se tourmente ;
Vous offrirez l'aumône, charité
A l'infortune, aurez la loyauté,
Redresserez les fautes, la faiblesse
Avec douceur, bonté, délicatesse,
Corrigerez tous les mauvais défauts.
  L'iniquité, les maux.

Aimé, chéri, de votre bienveillance,
De votre ardeur et de votre constance
A protéger les faibles ici-bas
Contre le mal par d'honnêtes combats

Et, sans cesser à votre grande tâche
Avec courage, ardeur et sans relâche,
Vous obtiendrez de glorieux succès,
  Par de très grands progrès.

Si vous avez le désir de bien faire,
Soyez constant pour devenir prospère.
Dieu, qui vous voit, vous aimera toujours,
Accordera sa grâce, son concours,
Au repentir fera miséricorde,
Avec bonté donnera la concorde
Pour assurer bien légitimement
  Le vrai contentement.

Soyez certain que la vie est pénible ;
Quoique bornée, elle est dure, faillible,
Peut faire à l'un la joie et le plaisir,
Un autre avoir grande peine, souffrir,
Dans les tourmens clore son existence ;
Occupez-vous avec persévérance
De vos devoirs de sagesse, de foi,
  D'obéir à la loi.

IAMBES SUR LA MER

———

Je désire essayer sur cette mer houleuse,
    Ce douloureux tombeau
D'héroïques marins, souvent mystérieuse.
    Sortir de mon cerveau,
De ma muse, des vers ; faire voir l'insistance,
    Les efforts malheureux
Que l'homme a dû tenter avec persévérance
    Pour devenir heureux.
L'espérance soutient, vous guide sur la terre,
    Intrépides marins ;
Mais sur cet océan, à l'orage, au tonnerre
    Vous êtes incertains,
N'avez aucun espoir, l'avenir est un mythe
    Triste, sombre parfois,
Vous jette dans le gouffre affreux et sans limite,
    Confondus et sans voix.

Hardis marins, pêcheurs, dans ces mers si lointaines,
      Résolus, vigoureux,
Vous résistez longtemps sur ces immenses plaines
      Par des temps désastreux.
Dieu protège, il appuie, accorde aux hommes sages,
      Aux braves matelots,
La grâce, le pouvoir, ses gracieux suffrages
      Pour se tirer des flots,
Des périls dangereux, affligeans précipices,
      De maux très désolans :
Voilà le sort cruel, les atroces supplices,
      Rudes, inconsolans.
Sur les mers, votre vie à chaque instant s'expose
      A finir durement,
Par naufrage aux rescifs le hasard vous dispose
      A mourir tristement.
Dévoûment, héroïsme à la lutte, tempête,
      Marins, toujours debouts,
Vous ne reculez pas ; votre défense est prête,
      Dispos, calmes, résous
Au devoir, à l'honneur d'accomplir sans relâche,
      Avec courage, ardeur,

Pour vaincre, surmonter une aussi lourde tâche
  Et sans crainte et sans peur.

O mer belle et puissante, insondable, profonde,
  Combien as-tu de fois

Englouti dans ton sein, enseveli de monde
  Sans linceul et sans croix !

Dieu le sait ; il commande à ce globe, à la terre,
  Tout est régi par lui,

Marche, agit et se fait sur ce faible hémisphère
  Par ordre et son appui.

Dans les mers, nul ne peut approfondir, connaître
  Les grandes profondeurs,

Où les hommes, les biens sont prêts à disparaître
  Par d'effrayans malheurs.

Impitoyable gouffre, en ton sein tu recèles
  La mort et les mourans,

De tous les naufragés on n'a pas de nouvelles,
  Disparus, expirans !

Mangés par les poissons ou jetés sur la plage,
  Ces cadavres humains

Au sort abandonnés n'ont pas cet avantage
  D'être mis en sapins,

Et d'être accompagnés à leur triste demeure,
      A leur dernier repos,
Par ceux qu'ils ont aimés, leur famille qui pleure
      Ayant le cœur bien gros.

Ton funeste élément, ton sinistre liquide
      Est fatal, rigoureux;
Il désole, il attriste, est sombre et très perfide,
      Cruel et périlleux.

Le vent en fait surgir un remous effroyable,
      Un désastre navrant;
Il brise, absorbe tout, détruit, est pitoyable,
      Est si désespérant !

Mais je dois reconnaître et te rendre justice
      A tes faits merveilleux,
Parfois, plein de douceur, le généreux service
      Aux gens industrieux

Qui naviguent pressés, sans craindre les orages,
      Sur tes flots apaisés,
Cherchent à chaque instant, aux cours de leurs voyages,
      D'être favorisés,

De pouvoir réussir, éviter les défaites,
      Les écueils menaçans,

Toujours prêts à combattre, essuyer les tempêtes,

      Les coups affaiblissants.

Pauvres marins, que Dieu vous protège sans cesse,

      Vous donne le secours,

Vous aide à supporter la peine, la détresse

      Dans tout votre parcours !

Soyons reconnaissans d'aborder au rivage

      En paix, calmes, joyeux,

Sans avoir éprouvé le douloureux naufrage,

      Rude, calamiteux,

Et remerciez-le bien d'une bonne prière

      D'avoir eu soin de vous,

Faites du fond du cœur ce doux aveu sincère

      Et vous serez absous.

IAMBES

——

Comment la création, dans ce vaste univers,
    Fait-elle son office,
Pour nous entretenir de tant de cas divers
    A l'homme si propice;
Fait pour chacun de nous ce qui est un besoin,
    Dirige dans ce monde
A pouvoir concourir, faire de près, de loin,
    Le bonheur à la ronde ?
Le Seigneur nous commande et s'occupe de tout
    Ici-bas sur la terre,
Voit, pense, agit, se trouve en même temps partout,
    Exauce la prière
De l'homme sage et doux, vertueux, bienfaisant,
    Probe, droit, équitable,
Envers l'humanité sincère, complaisant,
    Généreux, très affable.

Le divin Rédempteur gouverne, a le pouvoir,
    A la toute puissance
De donner, retirer le bienheureux espoir,
    Le droit à l'espérance.
Si l'on n'a pas eu soin d'avoir de l'affection,
    D'aimer ce qui console,
De chérir, adorer avec admiration
    Le précieux symbole
De cette foi divine, envers le Rédempteur;
    Bien savoir se conduire,
Avoir l'attachement, une grande douceur,
    Éviter de se nuire,
Posséder la sagesse, honneur, intégrité,
    L'estime dans la vie,
Vous serez juste, bon, obtiendrez l'équité
    Que l'honnête homme envie.
Tous ces biens réunis doivent vous rendre heureux
    Vous faire un sort prospère,
Aimable, satisfait, modeste, affectueux,
    Chérir ce qu'on révère :
La justice, droiture et la pure bonté
    Facile, secourable.

Vous aurez la douceur avec l'aménité,
        Jouissance agréable,
Pour agir, soulager les immenses douleurs,
        Adoucir la souffrance
De celui qui est pauvre, endure des malheurs,
        Éprouve l'indigence.
Si le destin vous fait beaucoup de superflu,
        Vous donne la richesse,
Soyez ferme, constant, décidé, résolu
        A guérir la détresse,
Ce mal qui fait souffrir les peuples, nations,
        Et produit les misères,
En suscitant parfois des révolutions,
        Tant d'affreuses colères ;
Engendre dans les cœurs des mouvemens fiévreux,
        Quelquefois attentoires,
Font périr par des faits attristans, désastreux,
        L'ordre, nos biens, nos gloires !
Tous ces noirs attentats, déplorables excès,
        Nous affligent, nous blessent,
Obtiennent de nos jours d'effroyables succès,
        A l'excès vous oppressent,

Perpétuent dans la vie un état violent,
> Suspendent la confiance,

Viennent rompre, briser, faire un mal désolant
> Dans notre belle France,

Arrêtent le progrès, ébranlent le pays,
> Produisent des ruptures,

Procurent de cruels, terribles ennemis,
> D'incroyables tortures.

Si Dieu, dans sa bonté, témoin de nos tourmens,
> Nous protège, dirige,

Voulait faire cesser tous ces faits alarmans,
> Cause de ce litige,

Nous serions éblouis de joie et de bonheur.
> Heureux, calme, docile,

Serions occupés d'obtenir du Sauveur
> De vivre en paix, tranquille,

Exempt de tout souci, de trouble, d'embarras,
> Loin de ce précipice

Dangereux, il produit les chutes, le trépas,
> Un très grand préjudice.

Eh bien! quel est celui qui fait les nations,
> Établit ce splendide

Panorama vivant, immenses attractions?

   Dieu seul dans tout préside,

A créé sur ce globe, où nous sommes épars,

   Les hommes sur la terre,

Où nous vivons, mourons sous ses puissans regards,

   Malheureux ou prospère.

C'est le Seigneur, c'est lui qui dispose les cœurs

   En toute circonstance,

Nous conduit, nous régit, accorde ses faveurs,

   Punit, as la clémence,

A tout pêcheur pardonne, ayant la contrition,

   Le repentir sincère,

La douceur, la bonté, une grande affection ;

   Il n'est jamais sévère.

Satisfait de le voir revenir repentant,

   Contrit de son désordre,

Apparaître humilié, humble, doux, pénitent,

   Se remettre dans l'ordre,

Écouter les avis sages, consolateurs,

   Cette voix sympathique,

Qui chasse les passions de tous les suborneurs,

   Est divine, angélique.

Venez vous diriger au sentier glorieux,
        Suivez la bonne route ;
Vous en éprouverez un bien délicieux,
        Votre âme aura l'absoute,
Possèdera la gloire, un repos éternel
        Là-haut, dans l'empirée,
Pour jouir d'un bonheur ravissant, immortel,
        Sous la voûte azurée.

ODE SUR L'ÉGOÏSME

———

L'égoïsme aujourd'hui prend, monte, s'enracine
Chez les grands et petits, s'élève, s'achemine,
Produit, fait des effets irritans, douloureux,
Et vient, pour nous frapper de ses coups rigoureux,
Désoler l'homme aimant, généreux et sensible,
Rempli d'aménité, calme, doux et paisible,
Bienheureux d'observer, voir son sort excellent,
      Si beau, si consolant.

Germe pernicieux, il s'infiltre dans l'âme,
Se place dans nos cœurs pour ourdir une trame,
Gagne, remporte, obtient un effet vicieux
Pour corrompre, altérer l'être consciencieux,
L'accabler de ce mal, de ce vice blâmable,
Honte du genre humain, horrible, méprisable,
Qui vient faire pour nous un sinistre tableau,
      La nuit dans le cerveau.
Si l'on n'a pas le soin de s'abriter du piège
Tendu pour nous saisir, d'éviter le manège
Qui cherche à nous duper par un art vil et faux,
Méfions-nous constamment de ces traîtres appeaux,

Toujours situés, placés sous nos pas pour nous faire
Déchoir, nous abuser, nous passer, cette ulcère,
Ce fâcheux égoïsme au monde si cruel,
   Mauvais, pestilentiel,

Il progresse, il avance au cœur de la patrie,
S'introduit, s'insinue avec effronterie,
Afin de s'implanter, prendre racine en nous,
Pour nous guider, conduire avec un soin jaloux
Nos actions, mouvemens, nous dirige à mal faire
Nos desseins, nos projets, cherche à se satisfaire.
Cet égoïsme étroit, rigoureux, fait souffrir,
   Vient pour nous assombrir.

Ayons pour la sagesse une confiance entière,
Nous tirerons de là une grande lumière
De ne pas nous placer au rang des ennemis,
Mais bien dans l'ordre heureux où sont les vrais amis;
Nous aurons le plaisir d'avoir ce beau courage,
D'obtenir la faveur de ce riche suffrage.
Soulagés de ces maux, nous en serons joyeux,
   Fiers et très orgueilleux.

14

Nous pourrons posséder un sort calme, paisible,

Eloigné de la lèpre affreuse, incompatible,

Retirer de nos cœurs cette désolation,

De pénibles tourmens une grande affliction

Qui nous font le chagrin, une triste existence,

Peuvent rompre, briser d'une douleur immense

D'avoir pu écouter cet égoïsme haineux,

> Nous rendre malheureux.

Je crois que le Seigneur, dans sa miséricorde,

Voudra nous octroyer cette douce concorde,

Nous aider, soutenir dans ce sentier d'honneur

Et nous conduire au bien, produire le bonheur,

Pour remonter le cours épineux de la vie,

Que nous puissions avoir toujours l'âme ravie

Pour aspirer au ciel, placés auprès de Dieu,

> Et combler notre vœu ;

Avoir la possession d'une joie éternelle,

Où l'on a ce repos, cette grâce immortelle,

Après avoir passé sur la terre des jours

Si fatigans, si durs, si fiévreux aux parcours,

Épuisés de combats au milieu de ce monde
Où vit cet égoïsme outrageant, âpre, immonde,
Pouvant nous faire choir dans ces terrains fangeux,
    Corrompus et bourbeux,

Où nous serions honnis, confondus dans l'abîme,
Désespérés, flétris de la marque du crime,
Attristés de ce sombre et désolant tableau
Qui viendrait nous charger de son puissant fardeau ;
Il n'y aurait pour nous plus de faveur joyeuse,
Ni la douce allégresse à l'homme précieuse,
L'arbitre souverain pourrait bien nous punir,
    Nous faire repentir.

Craignons ses jugemens ; sa divine puissance
Peut sur tous les mortels frapper avec aisance ;
Ceux qui auront péché par l'égoïsme honteux
Seront comptés au rang d'hommes calamiteux.
Leur jeunesse offrira une grande tristesse ;
De ce vice effrayant, désastreux, la détresse
Viendra les désoler, affliger de tourment,
    Faire l'abattement.

Réfléchissons, amis, au cruel égoïsme
Que l'on peut comparer au traître judaïsme ;
Portons tous nos regards, tendres, compatissans,
Sur ces faits douloureux, étranges et croissans ;
Tâchons de nous guérir, d'extirper cette plaie ;
De tout notre bon grain retirons-en l'ivraie
Pour que l'on réussisse à détruire ce mal,
   L'égoïsme fatal.

Il fait un grand ravage au sein de notre France,
Pousse, s'accroît, s'étend avec persévérance,
S'introduit chez le riche et le pauvre souvent
Comme aussi chez l'idiot, chez un homme savant ;
Il ne s'occupe pas si c'est dans l'opulence
Que l'égoïsme prend un poste de méfiance,
Afin d'empoisonner, de dessécher son cœur,
   L'infecter de l'erreur.

TABLE

DES ODES ET IAMBES

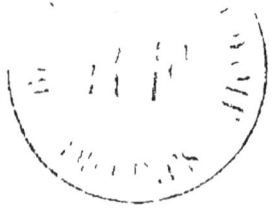

4314. — Poitiers, Imprimerie BLAIS, Roy et Cie, 7, rue Victor Hugo.

IMP. BLAIS, ROY et Cᵉ

www.ingramcontent.com/pod-product-compliance
Lightning Source LLC
Chambersburg PA
CBHW061448030726
47503CB00005B/1627